潘 军 著

冷眼·直言

——潘军访谈录

A Writer's Cold-eyed Observations and Straight Talks

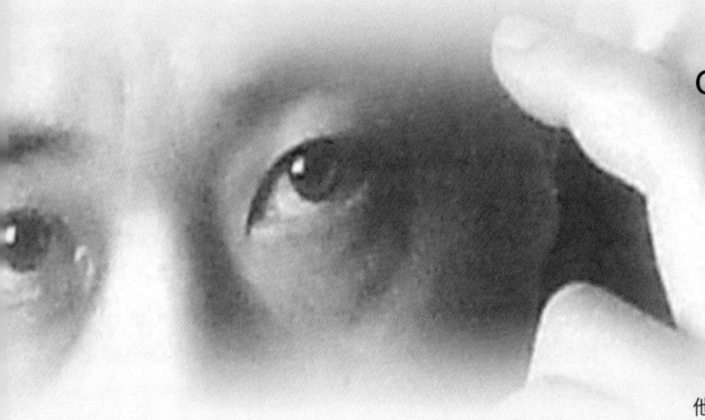

他是一个传奇
作为作家——他的小说《独白与手势》、《死刑报告》、《重瞳》堪称当代文学经典；
作为剧作家——他的话剧《合同婚姻》、《霸王歌行》由中国两大话剧团体隆重上演，轰动京城！
作为导演——他编剧并执导的电视剧《五号特工组》、《海狼行动》风靡全国！

安徽大学出版社
ANHUI UNIVERSITY PRESS

图书在版编目(CIP)数据

冷眼·直言:潘军访谈录/潘军著.—合肥:安徽大学出版社,2008.9

ISBN 978-7-81110-507-0

Ⅰ.冷... Ⅱ.潘... Ⅲ.潘军—访谈录 Ⅳ K825.6

中国版本图书馆CIP数据核字(2008)第138349号

冷眼·直言

——潘军访谈录

潘军 著

出版发行	安徽大学出版社 (合肥市肥西路3号 邮编 230039)	**印　刷**	合肥朝阳印刷有限责任公司
联系电话	编辑部 0551-5108348 发行部 0551-5107716	**开　本**	710×1000 1/16
		印　张	11.5
		字　数	150千
E-mail	ahdxchps@mail.hf.ah.cn	**版　次**	2008年9月第1版
责任编辑	谈　菁	**印　次**	2008年9月第1次印刷
封面设计	闻　静		

ISBN 978-7-81110-507-0　　**定价 24.00元**

如有影响阅读的印装质量问题,请与出版社发行部联系调换

自 序

2000年，国内七家出版社不约而同地相继出版了我16本书，其中就包括我的母校安徽大学出版社的一册访谈录《坦白》。今年是母校成立八十周年的纪念的日子，这本《冷眼·直言》，算是《坦白》的续编。

本书收入的是2000年~2008年间我的一些主要谈话记录，都发表在一些报刊上。其实我一直觉得，一个作家最佳的发言方式应该是通过自己的作品文本，这样的谈话，总觉得有点夸夸其谈。当然，这样的谈话也还有好处，它基本上都是当时的即兴发挥，很直接，口无遮拦，没有距离，可能对关心我的读者了解我的创作提供一些帮助吧。这应该是我愿意编选这本书的初衷。

与多年前的《坦白》不同，《冷眼·直言》涉及小说之外的部分要多一些，谈到了我的话剧和电视剧的创作。眼下，国内几家卫星电视频道正在黄金时间热播我编剧并执导的一部电视剧《五号特工组》。北京的舞台上，中国国家话剧院也正在上演我的话剧《霸王歌行》。与此同时，北方的哈尔滨话剧院在继北京人民艺术剧院之后，再度上演了我的另一部话剧《合同婚姻》。如此这些，看上去似乎很是热闹，有点排场，但我却不感到十分得意。因为，在这样的时候，我总记得自己是一个小说家，于是就在心里反复质问自己：你还能写出更好的小说吗？

终于，读者的声音发出来了。《北京青年报》上有一篇叫做《作家潘军何时重新"浮出水面"？》的文章。作者不满我近年过多涉足影视，而希望我继续专心去写小说。我由衷地感谢这位读者，但我也实在不知道自己何时重新浮出水面，或者从此沉到水底。因为在我看来，小说是一个人的战争，要继续打下去，就必须打胜。

我可以负责地告诉这位读者，我还在准备着冲锋陷阵。

潘　军

2008 年 5 月 1 日，北京寓所

目　录

云霄上的浪漫主义

——先锋小说家潘军访谈实录

青　锋

我是怀着一种探奇的心情去合肥的。出发的那天正好是一年中最热的节气——大暑，对我这个不好运动的人来说，实在不该挑这么个好日子出门远行，但好奇心驱使着我蠢蠢欲动。还好，豪华空调车里的冷气打得很足，我舒服地靠在高背座椅上，手里捧着一卷《潘军文集》，在一个虚构的秋天里惬意地一路北行。

在行程之前，我已把这部文集读完，正是这十篇小说促成了我这次合肥之行。

我读小说的心情一直是很外行的，我习惯放下文学的眼光，很感性地去读它们，把自己融进小说的世界里，随着主人公的命运一起起起落落、生生死死。每读完一部情真意切的小说，对我都是一种生命间接的体验。为此，常常被惹得泪流满面。

这次潘军又惹了我。

潘军最早是以先锋派的姿态步入文坛的，实验时期的作品稍显晦涩，偏重对叙事技巧和小说结构的探索。1996年结束南方之行，重操旧业，写作风格日趋圆熟、从容，刻意的痕迹消失了，取而代之的是好看、好读、耐人寻味的主题情节和汪洋恣肆的情感在作品中收放自如地呈现。如果有人说透过作品看见作家余华血管里流的是冰渣子，那么流在潘军血管里的就该是浓得化不开的情了，亲情、友情、爱情、故土情……不信你可以找个温度计，保证达到沸点。

一个故土情结深重，却又常年过着“在路上”的漂泊生涯的男人，一个离了婚却承认一生为情所困的男人，一个出了那么多书却口口声声不加入文坛的男人……这一切实在让我这个小女子好奇无比。

还在想着这些问题的时候，汽车已缓缓驶入车站，我看见一个穿着深色T恤，戴着墨镜的男人在车下微笑着向我招手。这是我们初次见面，也是我这次访谈的开始。

时间：2002年7月23日~24日
天气：晴
地点：合肥潘军寓所
访问者：青锋
受访者：潘军

青：《重瞳》发表后，有人称你是“云霄上的浪漫主义者”，说你的作品具有诗性的浪漫主义素质，你认为这样的说法贴切吗？这是否和你本人的性格有关。

潘：牛汉先生曾经说我骨子里是个诗人，尽管我没有写诗，也没有这样的经验。他这么说，也许说明了我具有这样的素质。至于浪漫主义的情怀，我觉得是应该伴我终生，一直到老都不应该离去，这也是我需要的。

青：在来采访你之前，我读了《重瞳》，我非常喜欢你塑造的那个既天真，又霸气，还带有浪漫和文人气质的项羽。你为什么要在小说中赋予项羽这个武夫以诗人的气质，比如说让他吹箫，还为项羽和虞的初遇蒙上一层神话色彩，小说的结尾更是美得让人心碎，这么沉重的主题，却有这样一个轻灵飘逸的结尾，为整篇小说所散发的浪漫主义加上了浓墨重彩的一笔。

潘： 写小说某种意义上就像写曲子，尽管我对音乐是门外汉。我当时就希望它既有凝重的一面，又有飘逸的一面，既有深沉的一面，又有举重若轻的一面。这些设计一直是我想在小说中把它展现出来的。我觉得没有必要去还原成一个新的历史故事。所以我不同意把《重瞳》看成历史小说，因为我在司马迁提供的典籍中寻找到了一种新的可能性，陈骏涛先生认为《重瞳》是新历史小说……至于类似吹箫的设计，是我一开始为项羽设定的基调，他应该是个很天真的人，率性十足的男人，职业军人，厌恶战争的军人。他向往的是和平的、诗性的生活，却莫名其妙地卷进了政治纷争，要为别人去打江山，然后自己又不想坐江山。而他爱的又是女人，不是江山。这个人一身都是矛盾，这些东西体现在他身上，从价值取向上来看，又似乎是很和谐的，和谐是美。

青： 在《重瞳》里，你在解构历史的同时又重构了历史，你借项羽的口，说自己的话，这和一些戏说历史题材的小说确实是不同的，而且你用了第一人称的叙事方法，这个“我”在你笔下的项羽嘴里说从来让人感觉很霸气，似乎你看了第一句就不得不看第二句，有种无形的霸气逼着你把它全部看完。

潘： 以第一人称来写历史题材有点不可思议是吧？可这种方式最能刺激我的创作欲望。这部小说我在1995年的时候就想写了，当时就是因为这个“第一人称”的刺激。这个小说不能依靠直觉去判断，司马迁有一部《项羽本纪》在民间关于楚汉相争和霸王别姬的传说比比皆是，所以我就找到这么一条路。我总感觉司马迁的《项羽本纪》有许多闪烁其词的地方，有很多难言之隐，这就是我做文章的余地和空间。当时我就本着不推翻历史史实和

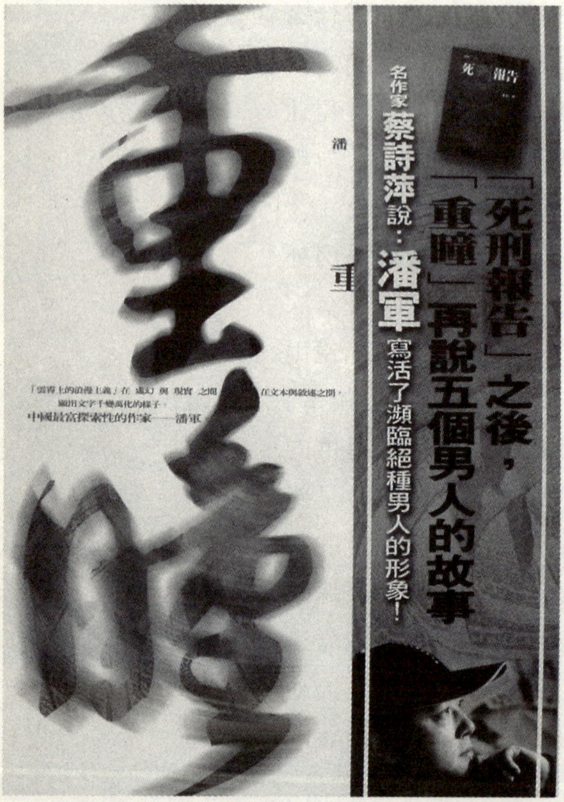

台湾版《重瞳》
正中书局 2004 年版

典籍的前提下，能不能寻找到一种新的可能性。

青：你是在借项羽的口说自己想说的话？

潘：是啊，好个借口。在项羽这个人物身上当然寄托了我个人的人生理想，这是毫无疑问的，不然我就不会用这种方式去写。历史上爱项羽的人有两种，文人和女人，武人是不会爱项羽的，政治家也不会去爱项羽，甚至很多男人也不会去爱他，而文人和女人，我觉得没有道理不去爱项羽。比如，李清照，她既是文人，又是女人，所以才会有她笔下的那首诗词，“至今思项羽，不肯过江东”……我是充满感情把这个小说写下来的，现在看来虽然还有些不尽如人意的地方，但大致的目的是达到了。所以这个小说还是引起了一些反响，美国的《世界日报》连载了，法国、意大利也准备出它。

青：你怎么会想到写项羽而不是别的什么人，他是个英雄，但也是个政治斗争中的失败者？是因为你喜欢悲剧和悲剧人物吗？

潘：对，我确实是喜欢悲剧和悲剧人物，我不喜欢喜剧，我也不认为人生当中有多少喜剧。项羽这个人物应该是从小就喜欢，尽管他是个失败的英雄，但一个失败的人，还能被称作英雄，那么这个人本身在人格上就具有非常的魅力。中国的历史历来就是成者王，败者寇，谁也不会对一个失败者去做过多的感慨，而项羽就是个例外，他没有成功，而且败得那么惨，而历史还是给了他一席之地。当然，我笔下的项羽，可能是带着有一种主观倾向的，真正二千年前的项羽究竟是个什么样的人，我们也琢磨不清，但我感觉他应该是和我们靠得很近的。所以《重瞳》发表以后，有个读者来信说，这个项羽不是个死人，而是我们中间某一个人刚刚离去。

青：《重瞳》会排成一出历史题材的现代话剧吗？

潘：有这样的考虑，中国国家话剧院也正同我进行交涉，现在只是一个形式的问题。如果我们在对话剧的理解上基本上没有距离，或者说是默契的，而且对小说的改编也很投契的话，我相信这将是一场很愉快的合作。我对这种合作是有激情的，有人问过我说，《重瞳》拍成一部电影历史剧是不是最好的，我说最好的形式应该是话剧。因为这个小说有一种仪式感，这正好是话剧舞台所需要的，而电影是不需要的。

青：读了你的几部小说后，我发觉你的小说有个特别之处，几部作品中有些情节是可以衔接起来的，虽然有的很细微，但留意去读就能感觉出来，你是有意这样安排的吗？

潘：你所指的这一类小说应该是你想象中与我个人的生活经历比较吻合的东西，而你在阅读的速度上也是从小读到大的，因此这个东西会有这么一种连接，我感觉从阅读来讲产生这种判断也很正常。

青：这个感觉似乎并不是就我一个人有。比如说读了你的《独白与手势·白》后，再去读《海口日记》，在时间和人物上就有某种很细微的东西可以衔接起来。

潘：我倒没有这样的感觉，以前也没有人提出过类似的问题。现在我想一想应该与《独白与手势》和南方系列的小说有关系。这些东西我既然写出来了，或多或少就应该与这个小说有点关系，尽管你不会与小说的主人公合二为一，但至少是作为一个旁观者，站在小说和故事的边缘上。还有一点不可忽视的原因，这些小说都是以第一人称来写的……有人说过这样一句话，说我当时到海南没有赚到钱，但赚到了一个小说家的本钱。经历对一个写小说的人来讲怎么说都是财富，不管是好的还是不好的。如果从写作角度来讲，我觉得不好的经历可能更是财富，都是那么一帆风顺，也许那种表达的欲望就没有这么强烈了……整个《独白与手势》是我一生生活的大背景，与我个人的命运和经历是有点关系，或者关系不少，但我没有想去写一部回忆录，或者半自传体小说，它实际上只是满足了我倾诉的欲望，人有时候需要倾诉，我只是通过这个小说自己对自己说说。独白是可以言说的，手势是不便说的。后来有人说这是个双重文本，因为有很多画在里面，它某种意义上是叙述不可分割的一个层面，那么你也可以说“独白”是文字的，“手势”是图画的。

青：既然说到了《独白与手势》就先来谈谈它吧！《独白与手势·白》中的小丹、雨浓有生活原型吗？

潘：它是一个虚构文本，我小说中间的一些女性，从我个人来讲的话，没有一个具体的当事人，如果说有，我觉得我这样写是不负责任的，或者说我必须在征求当事人同意之后，才可能这么写。因此我小说中的一些女主人公都是没有具体的当事人，她确实是一种虚构。

青：《独白与手势·白》中有这么一段，1995 年搬进比你年轻十岁的新家后，第一缕晨光把你射醒，这个生活细节你曾经亲身体验过吗？

潘：这种体验是有过，如果没有这种东西很难写得出来。因为这之前我在一个没有阳光的房子里前后呆了（潘军沉想片刻，深深叹了口气）五六年吧！然后好不容易换了一套房，第一天早上五点钟起来，我们还拉着窗帘，就已经被阳光刺醒了。可见我们以前是从来见不到阳光的。那时有一种莫名的伤感，当大家还在睡的时候，我已经提前几个小时醒了，而且是被阳光刺醒的——其实太阳还没有升起，这种感受如果不是有那种经历的人他可能写不出来。

青：你记日记吗？

潘：以前记，现在也偶尔记，但是从来就没有连续记，有时候被这个那个事情耽误了，日记不能回去补。

青：《海口日记》是日记吗？

潘：《海口日记》是小说，你看我连几月几日都没有标，我只是感觉到它应该像个日记。

青：你是哪一年到海南的？

潘：我是1992年的4月5号清明节那天离开合肥，9号到了海口。

《海口日记》原发刊物《收获》1998年3期

青：当时是为什么辞去安徽作协的职务去海口？

潘：这与当时的时代背景有关，当时万马齐喑的样子，扎在文坛里已经很乏味了，也与个人的生活背景有关系。但有一点出发前我就很清楚的，像我这种写作，严格讲起来是个很奢侈的职业，如果你离不开这个奢侈的职业，也就意味着必须首先在经济上有充足的准备，扎实的基础，这样的话，才能把你的爱好继续下去。我当时就想，我不能在一种经济很窘迫的环境里去写作，如果这样是满足不了自己的愿望的。那个时候我就下定了决心，必须去挣一笔钱，然后自觉回到书房里来。1993年马原来海口拍“中国文学梦”电视专题片的时候就问过我，如果让你再做一次选择，你是不是还选择当作家？我说当然还当作家。我不会因为物质生活很富足就放弃了个人的爱好。一个男人能这样长久地爱一样东西很不容易，既然爱上了它就是个好东西，这是可以伴你终身的，怎么能随便说扔掉呢！

青：你把写作和生存分得很清楚，但如果写作本身就能解决你的生存问题，你还会去经商吗？

潘：当然不会。因为我经商的目的就是为了解决生存问题，一个支持写作的问题。我这个人是不能去做没有兴趣的事情。

青：现在有些畅销书作家，写作本身就能解决他的生存问题，而且还活得很好。

潘：如果有这样的作家我很羡慕，但我认为一个人不要拿自己的看家本领去开玩笑。我以前在别的采访中也说过类似的话。我打个比方，一个高明的化妆师，不该去开美容院。对我来讲写作应该算是一种看家本领，写作和我本人的存在是依附在一起的，我存在因为我写作，或者说我写作因为我存在，这是我的使命，也是日常生活中核心的部分。用写作赚钱，对我来说是种意外的收获，不是事先能考虑到的，事先考虑的是能不能在专业目标上做得更好些，是不是尽你的能力把你想表达的都表达清楚了，表达舒服了……

青：你的书据说卖得不错？

潘：我不是一个畅销书作家。但我希望做一个"常销书"作家。我曾经对人说，我的书不可能一年卖20万册，但也许能卖二十年。

青：有人说你经商挣到了钱，海口回来又出了那么多书，说你名利双收了。

潘：其实说我名利双收是个很笑话的事情，第一我并没有赚到很多的钱，我只是感觉现在花钱不窘迫而已。至于名的问题，严格讲起来写作的人不需要名，明星倒是需要知名度，作家是不需要成为公众人物的，或者说，这个话也许有点刻薄，能成为公众人物的作家，就不是一个很纯粹的作家。

青：你认为一个纯粹的作家，该站在他作品的前面、后面，还是保持一定距离，做一个旁观者？

潘：我记得在一个创作谈上说过这么一句话，一个作品发表以后，它就是个客观存在，别人有权对它说任何的话。至于作者本人，我历来就是一个观点，三只耳朵听，一个脑袋想。现在有些作家老是和自己的作品靠得很紧，别人不说，他自己爱说，是个很奇怪的现象。

青：你曾经在哪几个城市生活过？

潘：其实也不多，1992~1994 年在海口，1995、1996 年在郑州，1997 年后基本上是在北京……但无论在哪里，我都有一半时间在合肥，因为我的父母和女儿在合肥。

青：在这些你生活过的城市中，你最喜欢的是哪个城市？

潘：如果说喜欢的话，我还是喜欢海口。海口这个城市有它的特殊性，第一，在地理上它是个独立的单元；第二，我喜欢靠海的城市，那里的阳光、空气、水都很好；第三，它最大的吸引力是，那里的环境很宽松……

青：你到海口后第一份工作是什么？

潘：我到海口其实并不是像《海口日记》里写的那样，我是遇到了一个很赏识我的人，他愿意给我投资，让我给他做一个文化公司，我就这么稀里糊涂做起来了，等我做起来以后，我就在第二年开了个“蓝星笔会”，拿出十几万。那是个文学比较萧条的时候，我当时有个目的，就是想告诉别人，中国还是有人愿意搞文学、写小说的，他们没有因为社会的基调变了就放弃了，他们还是一如既往。

青：如果没有“自我放逐”的南方之行，会有后来的《海口日记》、《关系》、《对门·对面》、《三月一日》等一系列以南方生活为背景的城市小说吗？

潘：这个可以肯定地说没有。我本身对南方没有一种特殊的感情，只是因为我熟悉那个地方，呆过一段时间，有一种感受，几年过去后，回头去看那段生活，还是能找到一些可以写的东西。作家写东西都愿意去写自己熟悉的领域。一个作家的记忆决定他的写作方向，而他的经历决定他的写作范围。

青：如果没有这个经历，你把那段时间和精力也放在你的写作上，是否会比现在写得更好？

潘：对未知事情的回答，总有“是”与“不是”，它有可能比现在更好，理由是你不漂泊，就能多读点书，多点时间去思考，但也有它不好的一面，你的作品可能会越来越匠气，过于持重，缺少小说的弹性和活力，离一种生命的东西会远一点。两种可能性都有。

青：有句老话叫一心不能二用，你去经商，拍电视剧，写剧本，对你的小说创作会有不好的影响吗？

潘：这个意思我能理解，你是希望一个人去很沉醉地去写作，会写得更好一点。实际上我一直都没有一心二用。比如说我在经商的时候几乎没有写过一部作品。我有这么一种观点，社会的发展需要一种市场经济，而个人的发展需要一种计划经济。人生很短，“人生七十古来稀，斩头去尾二十年”——这是唐寅的诗，如果你不好好计划一下，会有很多遗憾的。我意识到我想写小说就得把自己养起来，当时我作为一个父亲、丈夫、儿子，要承担方方面面的责任，这需要靠钱去具体体现的。如果作为一个男人连这些事情都摆不平，可想而知，怎么能有一种从容的心态去面对一张稿纸。经商只是我实施写作计划的一个阶段。

青：你是个绝顶聪明的人，但也许正因为这种聪明使得你在小说这个领域里没有能做得比现在更出色。

潘：写作这个事情仅仅靠聪明是不够的，从天分来讲我确实还是个过得去的人，但我所付出的努力也不能忽视，怎么说几百万字必须一个格子一个格子填起来嘛！我记得写第一个长篇《日晕》的时候，正是暑季，我在办公室里，打了个赤膊，穿了条短裤，把脚放在一盆冷水里，坚持了一百个晚上写下来的，你能说这是聪明吗？我觉得自己还是个勤奋的人。至于在写作这个行当里能不能做得更好，有个问题我一直在思考。我一直有这么一种状态，总觉得自己最好的作品还没有写出来，感觉自己像在打一口井，打了几十年，土是越来越湿，但水什么时候出来？也许是明天，但直到现在还没有见水，但我相信它会出来，这对我本人是个交代。有个问题对我来说是能一直问下去的——你能不能写得更好？

青：你认为这部作品会是什么？有可能是《中国陶瓷》吗？

潘：也许吧，这个作品在我心中酝酿很久了，只是还在做准备，还没有进入到状态。我自己提前发布了这个信息，我准备在50岁之前把它写完，也许时间会拖得更久。

青：在你所有已经出版的作品中，你自己最满意的是哪一部？

潘：这个话不太好说，如果硬要我说，我只能说，每个小说或多或少地完成了我所赋予它的任务。比如说《风》作为一个长篇小说，当时我就是想让它把一种只能在中短篇里尝试的文本意识、文体实验引进去，写个长篇看看。这个目的大致是达到了，但并不是说这个小说已经达到了尽善尽美的境界。再比如说《海口日记》我要求的就是后来被人称作塞林格风格的东西，我希望写出来一种很好读的，很亲切的，让人很快乐的东西，这种目的也达到了。比如说《对门·对面》，用旁观者的姿态，不动声色地把这个故事从容不迫地讲出来，讲得很含蓄，这个目的看来也达到了。比如像《重瞳》，我有意从司马迁的文本里去寻找一种新的可能性，然后以第一人称把它写出来，尽可能写得汪洋恣肆一点，这个目的应该说也是局部地达到了。所以我很难说自己对某部作品特别的垂青，只是说我赋予它们的任务部分地实现了，我自己就能感觉到有一

潘军绘画作品·海口

种收获。

青：你在写作时会考虑到读者的口味吗？除了小说本身，你还会考虑什么？

潘：我倒是没有去从阅读的方面想，或者说我只是从我自我阅读去考虑。我刚才说了，1997年以后我要求自己的小说写得好看一点，这个好看实际上包含了一种阅读的流畅，阅读后有一种快感。从现在的实践，以及方方面面的读者来信看，这种尝试还是兼顾到了读者的阅读，但是我并不是主动去考虑这点，只能说它确实有了这个功能。当我认为这个小说很好读时，读者也认为它很好读。不像我过去的有些东西，自己再回头看看都觉得很难读。但是那个时候因为大家对自己的要求，赋予的责任是不一样的，总是想千方百计地写出与众不同的小说，哪怕同属于先锋派，也希望自己和其他作家不同。你不能说自己比别人好多少，但是你要说我想写出自己的东西，我和你不一样。

青：这种改变能不能落实到哪一篇具体的作品当中。

潘：有啊！比如说先锋时期的《南方的情绪》、《流动的沙滩》、《爱情岛》以及后来的《情感生活的短暂真空时期》这样的小说，我好像迄今也没有看到哪个作家写过类似的东西。当然这种心理的定势对我来讲是有帮助的。

青：刘子枫从小说叙事上把作家分成三种：通俗的叙事家、叙事艺术家、叙事思想家。你认为自己该归进其中的哪一类？

潘：首先我同意他这种划分，如果按照这种划分要求每个作家都要对号入座，我觉得目前我只是属于叙事艺术家那类，这种定位大致不离谱的。

青：你认为当代文学有没有叙事思想家？

潘：刘子枫是把它作为一种递增关系，一个高一个，对我个人来说是没有的。我是把它们放在同一个层面，作为三种类型，不能说谁取代谁，谁掩盖谁。你能说博尔赫斯不伟大嘛？但他又给人提供了多少思想，对不对？他并没有提供类似像卡夫卡对人类一种自身存在困境的关怀，他的东西是很闲散的、很智慧的、很玄虚的、迷宫的东西，你不能说他就不高明吧！因此我同意他的划分，但我是把它们放在同一个平面上去看，并不意味着具有叙事思想的人就高于叙事艺术的人，这个我不承认。或许他是站在社会人类学的立场上，或者哲学层面上去思考问题的。如果按照这样的划分，国内当然有些作家是侧重于这种倾向的，像李锐、韩少功，包括余华，他们都是朝着这个趋势去发展的，但他们也讲究叙事啊。所以我觉得这种划分应该你中有我、我中有你，他很有思想不等于他叙事很弱，我叙事圆熟不等于我就是思想苍白。像《三月一日》、《海口日记》、《秋声赋》，包括《重瞳》你能说它是没有思想性的东西吗？严格讲起来，这应该是一个好作家的三种必备的条件，它可能应该通俗，为什么呢？他需要很多人去接近他的作品，不要老是和读者之间隔了一道鸿沟，他要求叙事很完美，使他和一般的通俗小说家明显地区别开来，但是读过以后引起别人深刻的思考，他思想和观念上的东西确实是影响了人，这应该是一个作家三位一体的东西。

潘军绘画作品·白描鲁迅

青：你认为当代文学最大的遗憾是大师的缺席，那么当代之前有大师吗？

潘：我说过，当代之前鲁迅是大师，除了鲁迅，如果说跟他一个级别的人是没有的。其他领域里可能是有的，但是在文学领域里，在同一个级别里我认为是没有的。包括后来别人说钱钟书、沈从文。但是我觉得他们从思想性上与鲁迅的距离还是很大。鲁迅的东西是不能模仿的，尽管有人从小说上讲，老是抱怨他没有一部长篇，但是反过来讲，他依靠自己的短篇在文坛上立足，那比依靠长篇立足不是显得更了不起嘛！所以我觉得与鲁迅比肩而立的人没有。

青：那你个人认为是什么原因造成当代文学大师的缺席呢？

潘：这个话说起来原因很多的，这里有时代的原因，政治的原因，也有个人能力的原因。目前这种文学的氛围我认为不太好，不太好的原因是因为它太热闹了。因为我觉得文学应该远离热闹，它应该清冷一些，或许冷不丁地就能冒出一个人来。热闹的场面上倒是能不断推出明星，所谓文学新星啊！现在不是有这些说法嘛！包括出现一些什么美女作家，其实这些东西和文学本身没有什么关系，一个女性能不能写小说不在于她长得美不美，而在于她小说写得好不好。所以那些提出这种口号的人，我觉得本身具有一种意淫的倾向，妈的（潘军清清嗓子，表情似笑非笑，青锋却忍不住笑了起来）！

青：你说你不同意男作家、女作家的划分和"女性文学"的说法，那你一定也不会同意"美女作家"这样的称谓了？

潘：对，美女作家这种提法本身至少是不礼貌的。文章写得好不好不在于她美不美，因为我们不是选美。我就不懂为什么文学界老是有些人喜欢提口号，老是在某个场合说某某是他最先提出来的，好像这是一生最大的荣誉，我觉得很无聊。

青：那你怎么看美女作家的"身体写作"和"私小说"？

潘：这是她们的权利，即使是出卖，也是出卖她本人，也没有卖别人，这个东西不以为然，也不足为怪，如果真的想卖，我只能说一句话，但愿她卖得好（潘军第一次笑）！

青：莫里亚克说：每个作家都应该创造自己的风格，你能用贴切的语言来概括自己作品的风格吗？

潘：我自己在一篇序言中说过，我的风格就是没有风格。这句话可能讲得有点大而化之，但是我觉得，我只是尽可能缩短自己感受与表达之间的距离。这么多年来我要做的就是这件事情，我希望自己对客观世界的感受和作品表达之间的距离越小越好。至于我以什么样的方式去写，那首先要看我写什么东西，这取决于我的写作对象。我不主张一个作家不管写什么，写长的，写短的，都是一套笔墨写下来。这类人很多，我觉得我至少不是这么一个作家。

青：一成不变的风格确实会让读者乏味。

潘：对，不仅是个乏味的问题。其实作家写小说，讲来讲去，还是回归到一个乏味的命题上，就是一个形式和内容的关系，但是这个形式与内容的关系与以前不一样，它不是一种载与被载的关系，对吧？曾经我有两个比较好的比方，第一个我就是把小说、写作和阅读理解成茶叶和水的关系，我们是制作茶叶的人，但是这个茶叶不能成为一杯茶，阅读者本人的一种品味和参与它就是水，你拿冷水怎么能沏茶呢？我们的小说当然不可能是写给初中生、高中生看的，我当然喜欢那种多读书的人能与我有一种共鸣，我希望他们提的是虎跑水，用虎跑水来泡龙井茶，这才是一种天衣无缝的合作，这是我多年前说的。后来我又说了一句话，我说形式和内容是什么东西呢，是红酒和高脚玻璃杯的关系。红酒倒在碗里它也可以喝，它并不改变它的味道，但改变你对它的看法，是不是（潘军的脸部表情有点激动）？为什么它非装

潘军绘画作品·鱼泪

在一个玻璃杯子里呢？为什么乌龙茶非要用紫砂壶来泡呢？拿瓷缸也能沏啊！对不对！那种感觉你就搞不清楚你究竟是在喝酒还是连高脚杯子一道喝下去了，是不是？这还是一种天衣无缝的关系。那么小说其实也是这样，就是当我们面对这个题材的时候，作家首先要选择的是，我将怎么去写它，如果这个问题解决不好，就是一种弱智的表现。你什么东西都是用一种方法去写，尽管你也能把它写得很清楚，但你绝对不能把它写得漂亮（潘军一口气说完这段话，脸上看上去有如释重负的惬意）。

青：但如果把这种个人的风格推到极至呢，就像博尔赫斯，他的迷宫，不知所云，障碍等等。

潘：一个作家到一定阶段的时候，他可能最后不自觉地被自己最娴熟的或者最热衷的手法左右了，那么同时又导致，他所猎取的表现对象也往往被这种形式所左右了。他用这种形式的眼光去选择东西的时候，往往是挑与这种形式相吻合的东西，而不是另些东西。今天我们看博尔赫斯的东西，很多是被翻译家左右了，翻译家的文字的感觉代替了博尔赫斯文字本身的魅力，这种东西我们只能说是一种推测。我们今天所谓的学博尔赫斯，某种意义上是在学王央乐嘛！他那种译笔，句子很干净，很练达，很有韵味的，来自汉语言的一种表达的魅力，那种东西是最初打动我们的。塞林格也一样，实际上是在看施咸荣，真正的塞林格我们不知道它是个什么东西，这点永远是个秘密，因为我们不具备英文阅读的能力啊！所以很难准确找到这种关系。也许当你感觉你很喜欢以这种方式写小说的时候，也就意味着，你要写的东西，基本上都是属于与这种方式方法相匹配的。当然有些作家可能不是这样，比如海明威，他的作品你把它放在一起看时，你感觉它有些东西不是海明威式的，而有些东西的确是我们习惯认为的那种海明威式的，比如说短句、简洁的叙述和描写，很含蓄的对话，但他也有汪洋恣肆的东西。那么，人们对作家最后的理解总是从最鲜明的那一面去认识的，但如果仔细把某个作家80%的作品通读一下，你会感觉到，一个真正的好作家，一个成熟的作家，他应该是面对不同的题材、不同的对象有不同的表现方法，他不可能是一成不变的。

青：你认为一个好作家能长久地脱离或者落后于现实生活而写作吗？

潘：我只能说这或许不太好。有一次我跟一个朋友讲，我说在网上有人说“靠”、“我靠”，是什么意思？那人说就是“我日”的意思（潘军和青锋同时忍不住哈哈大笑）。这种话当然很粗俗，但是我觉得可能作家与生活保持一种距离，这种态度是好的，但是你不能说社会上发生的什么事你都不知道，很多人闭门谢客，居家不出地写作，我觉得那不太好。因为作家需要感受，需要交流，需要一种气息的东西，这样才能激活他自己的创作，如果他老是沉浸在自己过去那种带有惯性和惰性的写作方式上，那我相信他不会越写越好。

潘军绘画作品·漂泊者

青：一个作家的生活如果与时代脱节的话，他的作品应该也会和时代脱节的。

潘：我想说的是，没有人要求你的东西一定要跟时代同步，你可以写不同步的东西，你也可以写超前的东西，问题是一个作家他不能不知道身边的生活，不能不知道外面的世界是什么东西，这个他应该知道。他知道得越多，他自己过滤东西的余地就越大。现在的作家，尤其是那些中青年作家，绝大部分是处于强弩之末，这里面有一种能力问题，其中也有一种各方面的储备不够，包括读书不够、阅历不够等等问题。这些问题很多作家最后没有办法，他就去翻报纸，把一条新闻变成自己小说的素材。我觉得如果是这样的话那就很可悲了。别人说这个地方有个什么事情，贩卖人口，他就写贩卖人口，说矿上有人通奸，他就写矿上有人通奸，这是个什么东西嘛(潘军摇头而笑，表现得很无奈)！

青：你说过流动的生活会使小说腾飞。那么你怎么看一些足不出户埋头写作的作家的生活和他们的作品？

潘：怎么讲呢？可能我所说的话，都是与我个人的经历、个人的体验、个人的感受有关系，并不代表我对别人的一种生活不认可。我只是对自己的生活做一种归纳。因为有人问过这样的问题，就是说，很多作家现在面临一种困境，或者说写作得很疲惫，而你至少还没有让大家从你身上看见一种疲惫，还有一种活力在里面，除了你自己本人的能力以外，是不是与你选择的一种个人的生活方式，比如说漂泊的、流动性的生活方式有关系。既然别人已经看见这一点，我自己也应该检讨一下，我觉得应该是有关系的。人处在那种漂泊之中和稳定下来还是不大一样的。稳定下来的那种养尊处优的东西，对写小说可能没有多大好处，但对写散文，对做学问有好处，所以有些人应该在书斋里不出来，远离媒体，那他就是个大文人、大学问家了。

青：流动的生活让你行了万里路，但我记得有篇文章中你却说读万卷书十分必要，行万里路大可不必，你总不能让天下的路都让你一个人走完吧！

潘：我自己确实是这样。我在《海口日记》里写过这么一段话，有人说你到海口来体验生活吧，我说这是废话，生活就像空气一样，围绕着你，吸就是了，是吧！哪有专门去体验生活的。现在我们经常组织这个团、那个团，到基层、到矿山，但从来也没有看见他们写过一些基层的、矿山的很好的东西出来能说服我。所以我觉得作家的体验是在自己的想象之中。作家对小说的一种把握，对小说的一种结构和感受都是在想象之中，它不是那种很实用的东西，所以一看见有那种到哪里去采风的消息我就觉得很滑稽。

青：这是变着法的游山玩水。

潘：这个我就不再评价了，而且那种游山玩水我个人也不欣赏。我个人觉得带着自己的女人去玩是最好的方式（潘军解颐而笑），蒋介石不是骂当时浙江省省长陈仪，说战争这么乱，妈的，你还在挂着个女人逛西湖，后来把他给毙了。我觉得这是最好的方式嘛（潘军第二次解颐而笑）！其实我觉得男人的旅游就该是那种旅游，干吗非要成群结队呢？那怎么旅游啊，那是开会啊！

潘军绘画作品·独白与手势

青：当你开始写一部作品时，是否早已确定好了所有重要的情节，还是在写作过程中让故事顺着自己的需要发展？

潘：我喜欢的是下意识的状态，我不希望，不要求自己事先把它想得那么透彻。因为我认为小说是写意味的。意味是什么？它实际上是一种多维的艺术和意义，它不是单一的，因此它的主题，如果说有主题的话，也是飘忽不定的、多元化的东西。所以只要把它置于一种很暧昧的、模棱两可的状态，就意味着小说本身具备了一种弹性和张力。你如果把它想得很具体，就是图解了。有些作家，包括那些名气很大的作家，他们的写作实际就是图解。首先是被一个观念支配，然后把这个观念图解成一个情节和故事，再然后把它们表达出来，这是一个流水性的作业。我觉得那些鲜活的、直觉判断性的、不知所云的东西，在他们的小说里是找不到的，这与我对小说的要求差距太大。另外我要说，小说叙事有叙事的惯性，这类似一种多米诺骨牌效应，他们相互之间有一种磁场的东西，当你写了一句非常精彩的话时，就意味着后面的那句在蠢蠢欲动了。一个有才华的作家，他能做到这点，他会想办法使自己的句子相互启迪、勾连，然后使它们集中在一个文本里。当然这样说也是相对的，比如我写《秋声赋》，开始写之前我就看见了结局，为什么？因为这个故事是有大致的真实素材的……这些东西在我心里沉了很久，直到有一天我感觉必须把它写出来……如果有人把它看成一种很理性的分析，说里面确实还有意味深长的东西，那也是小说本身或叙事本身带出来的，不是我事先塞进去的。我认为好的小说实际上还是贝尔后说的那句话——有意味的形式。我认为这个话实际上可以称为小说的纲领，小说就是一种有意味的形式。小说它不是写意思的东西，它也不是写意义的东西。写意思的东西是故事，写意义的东西是社论、是报告。小说它就是写意味的东西，所以我把小说理解成有意味的形式，这句话可能作为一种概念来解释显得没有什么力量，但是就我个人来讲我很欣赏，我觉得可以作为我自己对小说的一种目标。

青：在你写作中有没有碰到过特别棘手的问题？

潘：这种情况还是经常碰到的，为什么一个作家要经常强调自己的写作状态呢？也就是针对这种情况说出来的，我相信没有一个作家在写作中没有遇到过这种问题。

青：哪你又是怎么去克服的？

潘：这种所谓的克服，有时候就是很自然地躲过一劫（潘军又在微笑了，好像是庆幸自己曾经躲过的写作劫难）过几天自然又想起来了。有时候就会比较生硬，为了把这个东西写完，不好也就这样了（潘军这次笑带点遗憾），我在写《独白与手势》的时候，因为出版社催稿子，所以有些东西最后我觉得还不够完美。

青：你是怎么给自己作品中的人物命名的，是随便起的，还是有所指的，或者包含着什么特别的意义？

潘：我记得在大学读书的时候，有个同学说我小说人物的名字取得特别好，当时我觉得好好玩，没想到多少年以后你又提出类似的问题。给小说的人物起名字，有时候确实需要和小说所规定的东西，至少和那个时代有关，名字本身虽然是个符号，但应该与人的身份特征有贴近的东西。像齐白石、徐悲鸿、陈寅恪，这一望便知是大师的名字。还像多少年前，一提马原的名字我觉得比潘军的好嘛（潘军欢快地大笑）！我这个名字是文革产物，我就作为一个标志性的纪念。后来有一个老先生，就是林斤澜先生，他在黄山脚下的笔会上跟我说，说我这个名字是个笔名，取得不错，说我这个名字很像我这个人，因为我有一根反骨，他说潘军就是叛军嘛！既然老先生有这么一句美言呢，这个名字我就不改了。其实很多作家改了一个很响亮的名字，一下子就神气多了。如果我现在说童中桂是谁，谁都不知道，说苏童是谁，如雷贯耳啊！这一样嘛？这不一样啊（潘军第二次欢快地大笑）！

潘军绘画作品·童年

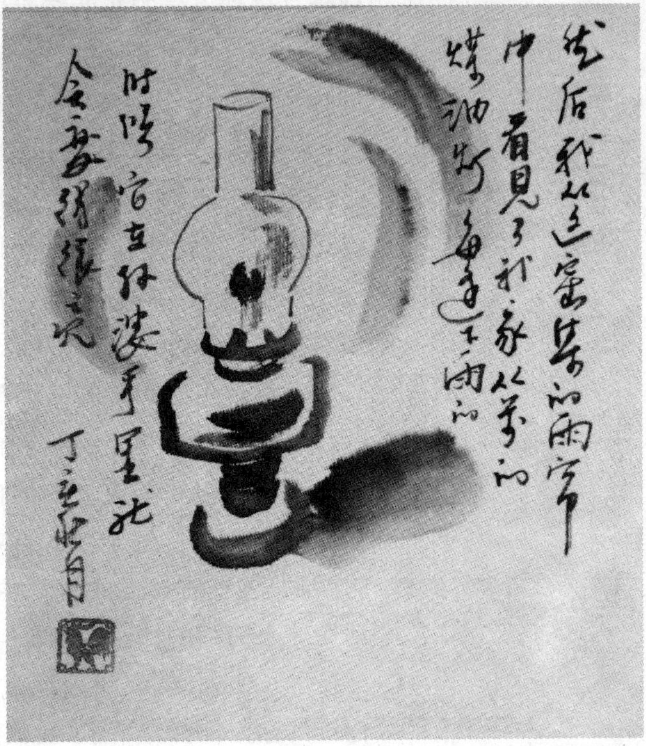

青：杨匡汉先生在《现代男性的焦灼》一文中说你的思索表现为一个现代男性的焦灼感、你笔下的人物有心灵磨难的尴尬、困顿、焦灼不安与恍惚，这是否是你在现实生活中挣扎奋斗这么多年来曾经有过的心路历程和情感经历。

潘：杨先生他可能是看了我以《海口日记》为代表的一系列南方小说后，有了这么一种归纳。这种归纳应该是有一定的道理，确实如你刚才所说，与我本人的生活经历、经验，有种不可分割的联系。

青：这种焦灼感你自己有吗？

潘：有的，肯定有的。我这么多年来就处在一种比较焦灼之中，只是我跟别人所焦灼的东西不一样，我焦灼我感兴趣的东西，它不是一种很表面的东西。

青：为什么你总喜欢把你笔下的人物置于漂流的生活与情感之中，让他们身心都得不到安宁，并为恐惧所追逐。（比如《海口日记》中的“我”）你是否想借此说明现代社会的人就是处在这样一个不安定的状态？

潘：我认为恐惧是种客观存在的东西，因为它是爱的一种参照物，恐惧的对面就是爱，或者爱的对面就是恐惧，这种恐惧不是我们习惯中的恐惧，或者不完全是，它更多的是一种心理上的感受。这种恐惧的东西在我骨子里应该是很深的，所以从我作品中有种一以贯之的感觉，像《南方的情绪》、《陷阱》、《那年春天和行吟诗人在一起的经历》、《朗诵南方风景》等等，都流露出恐惧感。在《独白与手势·红》里面，我是用很多的笔墨去写恐惧感的。这是我骨子里的东西，我感受到了它，这和我日常生活的好坏没有关系，它仅仅是个精神层面上的东西。

青：从你的作品里可以感觉到你潜意识里有种极度的恐惧和焦虑，比如梦中的窒息、被追逐等等，你有过这样切身的体验吗？这是否和你童年的经历有关？

潘：应该说，都有关。我的童年、少年都是在逆境中生活的，我从小虽然没有单亲家庭的自卑感，但却意识到政治上的被歧视。高中毕业时，同学都去当兵，我就知道这样的事情是轮不到我的。后来我在农村插队的时候，有一次到区里搞征兵宣传，我当时站在一个很高的梯子上画征兵宣传画，来接兵的人好像很关心有一技之长的人，就问我想不想当兵？我说我当然想，可我当不了。他就问你为什么当不了，我就很坦率地告诉他，我父亲是右派，那人就留下一个很遗憾的叹息不再问了。等我到了机关以后，由于众所周知的原因，在相当长的时间里，我感觉到有种压抑的东西附在我身上，尽管我个人能扛得住，也不是很在乎，但那种无形的压抑还是在的，这是种精神上的困境。如果你确实感受到了这种困境，也就该意识到在现实生活中能活下来也是个侥幸。

青：你认为不经历苦难和逆境，能成为一个有思想、有内涵、善于思考，并具有深刻的忧患意识和苦难意识的作家吗？

潘：从道理上讲应该说不可能。一个人只有确实感受到了生存的困境，体验到了精神层面的痛苦，他才有可能有感而发。当然事情都不是绝对的，也许有某一个天才，成天住在酒店里，他也能写出一种富有人文关怀、有力度的作品，但这种情况究竟有没有？我想至少目前没有。

青：你认为一部好的文学作品中，是否该包含鲜明的道德和审美倾向，比如弘扬真、善、美。

潘：这些东西当然是好的，但这些东西又因为每个人的理解不同，所以最后表达出来的东西也就不同。有些人对"真、善、美"的理解在他们的小说里表达出来就成了好人好事，这个就太浅表了。而有些人却能把它上升到人类精神家园的一种写照，有种宗教情怀。一个作家存在的价值是他在描绘和刻画这个世界，而不是对这个世界做出解释。

青：李洁非有篇写你的文章，他的意思是说，你是以前先锋派作家的姿态介入到城市叙述这么一个颇具时尚色彩的领域，你的精神上有一种跟城市时代和城市文学一样年轻的因素。你的心态这么年轻，写城市必须有年轻的心态，这样的话你就很快能找到一种属于你的方式，你的方式就属于你的，而且你写的就是和别人不同，你的城市小说在哲学、文学和感觉方式上迥异于所有同类创作，没有第二个人可以重复。还有人说你只是为"欲望"而写作。

潘：是的，我的确是这么说的。

青：你这个回答有点与众不同，很多人面对自己的欲望时总是欲言又止，含糊其辞，你却这么直言不讳，我能问问你的“欲望”具体是指什么吗？

潘：那很简单，就是一种叙事的欲望。我不知道自己跟其他作家是否有相同的地方。有些作家可能事先想好，想完整，甚至要先写好草稿，再修改，我好像不是这样。我写东西觉得有一种朦胧的感觉，比如说我今天想写小说了，我脑子里可能有种朦朦胧胧的想法，但是真正落到笔头上，还是在写作中的那种状态，就是叙事过程中的那种刺激。所以我写作带有很大的即兴色彩，很多小说总是在写到三分之一，甚至到一半的时候，才慢慢地觉得清楚的。那时我就知道小说里面是有东西的，但一开始是处在一种下意识状态。这是我个人的一种经验。

青：有些人写小说要列很细的提纲，你有没有这种经验？

潘：我没有，我从来没有过这样的东西。我有很多小说首先想到的是一句话，有的是首先想到一个题目。比如有个短篇叫《去茂名的路上幻想一顶帽子》，我首先想到的就是这个题目。而真实的动因就是，我去茂名参加花城笔会，那天我理了头发，天气很冷，我老是想买一顶帽子，一直惦着这个事情，当时我怀疑自己，为什么老是惦着这个事情呢？后来我知道是想写篇小说——《去茂名的路上幻想一顶帽子》。其实这里没有什么东西刺激我的，或者说刺激我的都是些莫名其妙的东西，或者是一种感觉、一种色彩、一种意象，它都有可能给我一种启示。这种小说在我的作品里占的篇幅还不小。当然1997年以后，可能对自己有种要求，希望自己的小说尽可能地好看一点，想办法兼顾起来。希望我的小说读起来很舒服，读过以后大家认为它还是一个很纯粹的文本。比如《海口日记》、《对门·对面》、《秋声赋》，它们和以前的小说相比，在故事形态上、处理方式方法上，做得更完整一点。不像以前有些小说，像《蓝堡》，最初的时候，我可以把它写得很完整，但是后来我就觉得那东西没有意思，我也采取了一种把大量的东西留在故事之外的方式，小说之内的只是一部分，这样就给人一种放射性的猜想空间。这里值得说明的一点是，一个作家的调整应该是发自内在的一种文学的需要，不是为了迎合什么，迎合电视剧的改编、大众的阅读、得奖等等，这点从我自己的良知上不允许这样做。

青：你在塑造一个人物时会像一个好演员一样完全地进入到角色里吗？

《五号特工组》
工作照

潘：与这种情况比较类似。因为对表演我是懂的，我在大学里系统读过斯坦尼斯拉夫斯基表演体系的论著，而且我自己做过导演，也能够演戏。我在写人物的时候有一种可触性，我能够得着他，我甚至能看到他身上一些特征的东西，比如说他衬衫上的是什么纽扣，这种东西已经很鲜活地在我面前。博尔赫斯说过这样一句话，某种意义上，作家都是在写自传。我是在这个意义上去体会的。作家在写自己的故事和人物的时候，他都有一种主观的倾向，都是把自己和他所塑造的人物融为一体，这个时候，某种意义上，与其说他在塑造人物，还不如说在通过人物述说自己。所以一个好的作家，就像一个好的演员一样，他确实应该学会去扮演不同的角色，然后他才能够自然地走进自己的小说里去。

青：不会进去后迷路吧！进去了出不来怎么办？

潘军绘画作品·陈寅恪

潘：那不会的，电脑一关我觉得我还是我，脱离了那种写作氛围以后我觉得一切依然如故。

青：你怎么看现在有大量的文学作品被改编成影视剧，甚至有些作家就是冲着这个去写小说的。

潘：这其实还是个经济问题。首先我认为，一个纯粹的小说家从来就不会因为自己的作品被改编成其他形式而感到骄傲的，我没有，尽管我有些东西确实被拍成了电视剧。比如说《海口日记》，播出后我大概看了两集就不看了，因为不好看。但我又可以说我做任何电视剧都是成功的，成功的标志是把钱赚到手了嘛！（潘军一边笑一边潇洒地向青锋伸出右手，做了个既像伟人挥手，又像捞钱的动作）至于它被拍成什么样，我一点都不感兴趣。作品被改编从某种意义上来讲，就意味着作品本身纯粹的精神的东西不够。一流的小说是不能被改编的，它内部有一种不可动摇的小说因素凝结在一起，成为一个作品，如果其他的形式能够把它改编，这就说明它还有很大的被移植的空间。即使一些世界名著被改编成电影，那它也是另一个东西。比如说《生命中不能承受之轻》改成《布拉格之恋》它就是两个东西，小说里面要表达的东西电影里面并没有表达，尽管那个电影应该说拍得还是不差。

青：你说拍电视除了经济效益不能给你带来兴奋。你有没有想过把电视剧拍成艺术，而不是你说的玩意，比如拍出《辛德勒的名单》这样的影视作品来？它难道不是艺术吗？

潘：首先这里面有一个概念的划分。我认为电影是有艺术的，而电视剧它是没有艺术的，或者说它的艺术含量比较少。我这样说，是因为我本人的心态就是这个样子，如果说有人给我投资，在资金问题上不限制我，让我按照我的意思去拍部电视剧，我只能说我尽可能拍得比其他电视剧稍微好一点，但是，它还叫电视剧，因为它与生俱来就是这么一个胚胎啊！不在乎你怎么去培育它，它就成了一个很精美绝伦的东西，它就是这么一个基础。

青：但它们同属于影视剧的范畴啊！它们有什么不同呢？

潘：它在艺术思维上不一样，在篇幅上不一样，在投资规模、技术手段和制作过程上也不一样。虽然大家说就是换个机器而已，其实不这么简单。电影的长度是一百分钟，它要讲一个貌似简单，实际上内涵很丰富的东西，它要求的是很精练的台词，更多的是一种视觉的语言冲击。而电视剧呢是关在屋子里，你说，我说，他说，大量地说，要不然一个故事怎么能说二十集呢？纯粹就是在瞎说出来。从技术材料上看，用胶片拍出来的那种感染力和用摄像机拍出的又有很大不同。中国现在有一个很奇怪的现象，电视剧越来越讲究，把它当电影拍，投资的规模在追加，演员的片酬在飙升，而电影呢是越来越抠门，据说一百多万就能拍部电影，可想而知，那能拍什么电影呢！我对电影的要求还是比较高的，我所喜欢的国际上的大导演，他们的作品确实还是很有感染力的，包括像西班牙的阿姆多瓦、法籍波兰人基耶斯洛夫斯基，包括斯皮尔伯格的《辛德勒的名单》。有次在一个会上，戴锦华说："他是个商人，你干吗在会上说他的影片怎么怎么样？"我说，我就说他的《辛德勒的名单》啊。我没有说他的《外星人》、《侏罗纪公园》嘛！那种东西我觉得也可以理解嘛！他是奔着票房去的，他能把票房弄上去就是能耐嘛！但是你不能说《辛德勒的名单》不好啊！所以后来我专门为《上海文学》写了一个关于《辛德勒的名单》的随笔。

青：一部好的影视作品能和一部好的文学作品相提并论吗？

潘：这个不能说相提并论。我觉得文学的力量还是超过电影，尽管电影与现代人的生活沟通比文学要迅捷得多，也轻松得多，但是文学对一个人的陶冶和影响力，将是超过电影的。文学更多的是有一种不可代替的细腻描述、语言独特的魅力在征服它的读者。我们总是听说影响世界进程的十本书，没有听说过影响世界进程的十部电影。

青：你说你赞赏、坚持知识分子写作，那你怎么看民间写作和反知识分子写作呢？对“知识分子”这个说法你又持何看法？

潘：这个问题我不宜于多说，去年在“昆明书市”上，我和几个朋友聊天时说，我自己的立场是八个字：民间立场，贵族精神。现在连中国的作家算不算知识分子好像还是个问题呢，太奇怪了。那些著书立说的人，发表文章的人，他都不算知识分子，难道说读书的人才算知识分子吗？我觉得很困惑。难道文化人是个荣誉吗？我觉得不是，他是身份的一种朴实的写真。

青：这里似乎有故作矫情的嫌疑。

潘：对啊！我刚才说的就是这个意思，你都出了那么多书了，通过出书获得那么大的收益，你居然还说自己不是知识分子，有人说自己是农民，农民能出国吗？农民有几百万存款吗？这话就说得很莫名其妙了。如果中国的农民是那样的话就是世界上最好的农民呐！这种话我不知道是什么意思。

青：你认可的小说是怎么样的？

潘：什么叫小说？如果说绘画是用线条色彩在造型，雕塑是用泥巴在造型，摄影是用光影造型，音乐是用旋律造型，那么小说就是在用语言造型。既然说它是造型，就与审美有关系的，那么这就是门艺术。如果说我们是一个以文字来造型的艺术家，或者说工程师，这种人本身应该具备一种贵族精神。如果小说真是随便那种自说自话的人能够写出来，那么还需要把小说当做一门学科来研究吗？当然我所认定的小说永远只有一类，它在叙事上有自己独特的东西，它有叙事的技巧和能力，有对故事的处理方

潘军在写作中

式，同时它也能通过这种叙事对这个世界以一种关切的姿态介入，这种东西我认为是小说。在我的概念里小说的包容性很小，允许有各种流派。但是各种流派万变不离其宗，他们都是在小说这么一个大的、宏观的概念下进行写作，没有说一个小说家找不到一个叙事的东西，如果连这种东西都找不到，那么这就不是我所认定的小说。

我认为一个小说里面应该有一种高贵的气质，这种气质并不是说与民间写作对立、与民间阅读对立，我们应该把它当成一个东西，而不是当成一个玩意去做。但东西和东西之间区别很大，比如说，我所认可的那种电影和北京的贺岁片、港台的一些影片，那是天壤之别，后者只能算玩意，前者才是艺术。

青：但我记得你说过写小说是门手艺。

潘：对啊！是门手艺，这种东西和我刚才的理解一点不矛盾，为什么呢？我实际上是在强调一种技艺的必要性，强调一种形式的纯粹性。比如说相声是很民间的东西，但它照样是能出大师的，侯宝林就是大师，因为他立足于相声的本性——就是一个说，卖嘴皮子，他做到了纯粹，他就是大师，不像现在的一些人，说不好了，就又唱又跳的，让人倒了胃口。还比如过去的京剧就是很抽象的东西，舞台上就两把椅子，表演带有极大的虚拟性，没有什么声光、电子布景的东西，它不还是留下来了嘛！它有纯粹的东西，它就可能接近一种经典意味。所以我觉得作家是一个手艺人。因此我对文学说，文学这个东西可以成为一个人的使命，但更是一个作家的日常生活，日常生活与我对手艺人的定位它是一脉相通的。我不喜欢那种刻意的东西，那种很刻意的东西本身与他的出发点、动机就有点关系。我觉得最好就是你喜欢它，你就去做它，尽力把它做好，这就够了。

青：你认为作家是个地道的手艺人，只有把写作放在爱好上，才是件有吸引力的有趣的事情。那你怎么看待自己的写作呢？是玩吗？

潘：从某种意义上来讲，我承认这个观点。我觉得我的写作是玩，我这种性格的人不能去做一件自己毫无兴趣的事情，甚至我不能去做兴趣不大的事情。不光是写作，包括读书，我不喜欢读自己不喜欢的书，你推荐给我一本书，都说好，如果我不喜欢，我看两页就扔掉了。包括看戏，我必须看我喜欢的演员去演，要不然我就不看了。还包括打麻将，我也很投入。所以凡事必须和自己的兴趣紧扣在一起，这样就不会感到疲倦，至少是苦中作乐，这种苦是旁观者的感受，但乐是我自己的感受。

青：但不是每个人都能“玩”到你这个道行？你这么说会不会让人感觉矫情了？

潘：我觉得这是非常真实的一面，我真是希望有人应该做到这点。一个作家如果感觉到今天没有写几个字，老是有一种失落的感觉，哪怕写篇日记、写封信，三言两语，他有一种表达的欲望，有种叙事的欲望在驱使着他，这个状态最好。至于愿不愿意把东西拿出去发表，那是另一回事情。

青：你认为小说最重要的是什么？是讲故事、写作技巧，还是对叙述形式的探索？

潘：其实这三个东西是不能简单地分割开的。小说本身就具备一种故事因素，没有故事因素它就不是小说，但是如果说你仅仅是局限在一个故事里面，它又不是小说。小说要求以一种叙事的方式来把这故事的因素消解在一部作品里面。要想达到叙事对故事的消解，那就是技巧性的问题，所以1985年之后，有人在说中国作家会写小说了，都说是一个文学观念的转变，其实这个话是有点空泛了。观念的转变固然不错，更重要的是技巧的转变，是对能力的要求，观念变过来不等于技术上就没问题了，这个因素总是被人忽视。

青：现在有人说讲故事是比较重要的，小说就是讲故事吗？但又有人反对讲故事、反叙述。

潘：这个东西又是个老话题了，就是写什么和怎么写的问题，但我觉得这个事情不矛盾，好的小说永远应该具备好看的因素，包括博尔赫斯的小说。

青：博尔赫斯的小说里有故事吗？似乎没有什么完整的故事吧？

潘：这里有个对故事的理解问题。我们和某些作家的区别就是在于，首先对故事的认知的方式是不一样的，有些东西在他们看来是个故事，但我们看来不是故事，而在我们看来是故事的，在他们看来却根本不是故事。我看重的那种故事，实际上是在于它给叙事提供了一种可能性。

至于怎么讲故事，怎么讲很重要，怎么讲不重要，我们这么多年来的努力实际上就是为了这个东西。怎么讲的目的是什么呢，还是想把故事讲好啊！不是迷恋怎么讲的问题，你总得说出东西来啊！我早期的那些实验文体中间，始终坚持的一点是有些评论家没有完全看出来的，我的小说是非常有内容的，内容很饱满，比如《南方的情绪》和《流动的沙滩》，我认为是很有内容的，只是他们忽略了这一点，他们只是在形式上认为我走得很极端。

青：你认为小说有没有必须具备必要的因素呢？比如人物、地点、时间、情节。

潘：严格讲起来，你刚才说的这些应该都是故事的因素。小说的因素我觉得实际上是体现在它以什么样的方式对故事进行一种处理上，故事肯定有背景、情节、发展、结局，不管它是线型的还是复式的，或者是一种多维的，这都叫故事，但是不同的人来驾驭，会呈现不同的结果。比如我们可以做这样一个实验，同样一个素材让十个作家来写，他会写出不同的样子。有些人他只能就素材写素材，那他就是写故事的，但有的人却能在这个基础上写出令人吃惊的东西。

青：你说过一个作家的野心应该局限在一张稿纸上，靠文本说话，那你怎么看一些“文学革命”？

潘：我觉得文学不需要革命，如果说需要革命，那是说文学本身的一种革命，自身的一种革命，就是形式上的革命。现当代的文学史上经常有一些文学运动式的革命，我对那种东西是感兴趣的。我觉得文学是一个个体的东西，它不是一个群体的东西，它不需要组织、开会，更不需要游行、示威，这里没有什么营垒的东西。

青：文坛历来纷争不断，我想也许这里包含着一句老话——文人相轻，你能就这个问题谈谈自己的看法吗？

潘：我对文人相轻当然是不喜欢的，这也就是我为什么不卷进文坛的理由，我知道进入这个圈子意味着什么，所以我很早就远离了这个圈子。我也不是中国作协的会员。

青：我记得你说过你只爱文学，不爱文学界。

潘：是的，我是说过这样的话。因为文学可爱，文学界不可爱。

青：有没有哪些文学作品给你的创作带来过比较大的影响？

潘：你是指我的阅读吧！很难说某一部作品把我点亮。我最早是学画的，我爱读书是在上大学中文系以后，读了些小说。但我读书和别人不同的是，我喜欢把作家一个一个地读，而且我不是跟着一种舆论定式来读。比如说巴尔扎克很伟大，但我就是不喜欢他的作品，那个时候没有提卡夫卡和陀斯妥耶夫斯基，但我觉得很喜欢。我基本上还是保持了自己的眼光去选择，同样是法国作家我不喜欢左拉，但我喜欢福楼拜……当自己成为一个写作者后，我曾经有意识地选择被舆论所推崇的作品，但阅读的时候是很理性的。比如大家都说米兰·昆德拉怎么了不起，但我还是没有感受到。但有些作家我确实感受到了，比如说福克纳、海明威、卡夫卡、博尔赫斯……

青：你的《流动的沙滩》，能看出有博尔赫斯的影响。

潘：是的，我就是要以这篇习作向他致敬。

青：你刻意模仿过的作家除了博尔赫斯还有谁？

潘：海明威我模仿过。因为他的技术，那种简约、含蓄的东西，让我迷恋。还有他是一个对话写得很好的作家。我小说里的对话写得还可以，那是得益于对海明威的阅读，他的理论对我有直接的影响力。我记得他有篇小说，写一男一女在做爱，他没有去描写做爱的过程，他只是写了一句话：地板好硬。当时我就觉得非常好。还有他的《麦康伯短促的幸福生活》、《白象似的群山》……所以这种东西对我后来写小说或多或少都产生过影响的。

青：在小说（包括短、中、长）、诗歌、散文、随笔、话剧、影视剧本，这些文学体裁中，你自我感觉把握得最好、最自如的是哪种？

潘：那当然还是小说，其次可能就是话剧。我写过一部话剧《地下》，发表在《北京文学》上。

青：高行健作为第一个华人诺贝尔文学奖获得者，你怎么看？

潘：首先向他祝贺。因为他毕竟还是个华人，这个奖项百年与华人无缘，怎么说都是件憾事。不管它今天的含金量有多高，华人都应该去拿它。这并不等于非要中国大陆的作家去拿它。另外，高行健获奖并不等于他就是用汉语写作最好的作家，中国大陆比他写得好的作家有不少，他本人也不该回避这个事实，但这个奖给他也不是个错误啊！第三，这个奖与其说是奖励了高行健本人,倒不如说是对汉语写作的方向做了一种肯定和认可。

青:从你的《独白与手势》三部曲、《秋声赋》和早期的《日晕》中,能窥见你的故土情结,但你却选择了"自我放逐"的漂泊生涯,这不是很矛盾吗?

潘:这个并不矛盾。"在路上"的生活是构成我小说的支持点,而故土情节又是另外一个支撑点,我的小说是靠这两个支撑点支撑起来的。一个作家的支撑点是什么,那是因人而异的,比如马原是靠西藏作为支撑点的,而我就是靠故土和"在路上"的生活。

《日晕》人民文学出版社 1989 年出版

青:准备什么时候结束"在路上"的生活?你最终会回到故乡吗?

潘:这要看我会不会有厌倦这种生活的一天,或者我会不会再和某个女人去组成一个家庭,像一只鸟一样,飞累了在一棵树上落下来,这些都是因素。所以去年我想在北京买房子,但我又问自己,假如我在上海遇到一个很好的女人怎么办呢?难道再把北京的房子卖啦!(潘军纵声大笑)

青:如果在幼年、童年、少年、青年(包括大学生活)、中年这五个阶段里让你选出一个,哪个阶段的经历对你的小说创作是至关重要的?

潘:我想应该有两个阶段,一个是我中学读书以后,到农村插队的两三年,这是我第一次走向社会、第一次独立地出远门、第一次独立地面对自己的衣食住行。如果拿机关、大学的生活与插队的生活相比,我还是怀念插队的生活……第二个阶段是 1992 年之后,一直到现在,这种独自漂泊的生活对我的创作应该是至关重要的。

青:你不介意谈谈你生命中出现过的女人吧?哪个女人是你

生命中不可或缺的？母亲、爱人还是女儿？

潘：这个问题也该分阶段性来回答。在我还没有成立家庭的时候，母亲对我的影响很大。她是个没有受过良好教育的女人，但却有种良好的天赋，她的意志很坚强，承受能力很好，这些都对我产生了很大的影响。我从她身上体会到的不是溺爱，而是一贯的信任。包括我在人生几个重要关口所做的选择，有些在她当时的情感上来说是不能全部接受的，可她并没有妨碍我去执行，这对我是种莫大的安慰。而我在女儿的身上，是寄托了一种希望，不是希望她继承什么，只是希望她过得更好、更充实一点，快乐一点。当然，作为一个男人，与自己靠得最近的一个女人，应该是最重要的一个女人，但因为种种原因，靠近的时候就有很多麻烦。至于以后会不会有，这是未知的，如果说有，我对这个人的依赖应该是很大的，她对我将是至关重要的，因为她要伴我终身，这是不可或缺的。

青：我记得那次邀请你去"南京评论"聊天站做客，有人说你一生为情所困，当时我感觉这句话唐突了，但我今天看见你后，特别是读了你的作品后，感觉你似乎是这样一个男人，所以想听听你对这个问题会怎么回答。

潘：如果说我真是为情所困的话，我倒觉得这是一项荣誉，一辈子也算没有枉做一个男人吧！这是好话，我乐意听这种话（潘军仰天大笑）。

青：这是否是你写项羽的一个原因，对女人而言，他是个难得的爱美人不爱江山的多情的男人，也是个为情所困的男人，这在中国历代的帝王将相中是绝无仅有的，你们在性格中似乎有相似的一面。

潘：我愿意承认这一点。如果项羽是个爱美人又爱江山的人，我可能就不去写他了，如果他只是个爱江山不爱美人的人，我也不会去写他。我选择的对象应该是和我心灵上很投契的人。至于读者有"为情所困"的看法，很大程度上是看了《独白与手

潘军绘画作品·断桥

势》三部曲，很多人把它看成是我的自传体和半自传体，其实小说是个虚构的文本，我只能说，主人公生活的历程和轨迹与我大致是相同的，至于小说中一些情爱故事，明白人都知道，我不会去写实，因为这里涉及一个做人的原则问题，我只能说，我对这种情爱的体验是真诚的。

青：你将来是否会写一部关于自己情爱的小说，写写你一生中爱过的女人和与她们有关的故事？

潘：那要等我先拿到她们的"授权书"啊（笑）。

青：我知道你以前是学画的，而我以前也是学画的，不知道你现在还在画吗？

潘：现在偶尔画一画。我对自己有个长远的安排，六十岁以后不会去写文章了，要写也顶多是些前言后语式的东西，我的精力会投入到绘画上去，我相信自己会很有激情地面对绘画，这是我的一个梦，年轻时没有圆，年老了再把它圆起来。

青：这就是你说的"六十岁前舞文，六十岁后弄墨"吧！

潘：对，是这个意思，绘画一直是我所钟爱的。

青：你对今后的工作和生活有何打算？

潘：我很自在，是自己规划自己。我现在想的是，下一步怎么办的问题，比如读哪些书，写什么，另外就是赚钱的问题。

青：最近有新作吗？

潘：我已经两年没怎么写了。去年除了为香港《文汇报》开专栏，就写了个短篇《纸翼》。今年又写了一个短篇《花袭》，最近给《花城》写了个中篇《合同婚姻》。

青:《合同婚姻》? 好像很有趣吧?

潘:我觉得婚姻制度有不合理的方面,暗示着从一而终,这恐怕连神也做不到。婚姻也许是人类的败笔之一——你看,离婚率那么高。如果一个产品如此的返修率,那说明这个产品有很大的问题啊(两人大笑)。

青:作为一个男人,你感觉到累吗?

潘:我有累的一面,包括你刚才提到的为情所困,但我觉得是值得的,它至少丰富了我的生命。不累的一面是我心灵上没有多大压力,我不会看任何人的脸色。

青:如果下辈子性别可以选择,你会选择做男人吗?

潘:我还是愿意做男人,因为我已经慢慢学会了怎样去做一个不差的男人了,也许还会比这辈子做得更好一点(潘军这次是非常自信地笑了)。

青:最后问个玩笑问题,你曾经在《苏州三日》这篇散文的结尾时说有一个理想:下一次如来苏州,我一定要带着我的女人,这个女人会是谁?

潘:(潘军第N次大笑,笑声里充满对未来幸福生活的憧憬)这是句写文章的笑话,不过我觉得苏州那地方,如果带个女朋友去,租套民房,在老街走走,菜市转转,下河洗洗衣服,应该是很有情调的,这算不算小资情调我不知道,但我比较迷恋这种情调。

访谈结束了,几十个小时的相处自始至终都是轻松愉快的。这个正步入中年的男人心态是如此的年轻,这也许就是他能写出如此动情的城市小说的秘密所在吧!

我不敢断定潘军是否真如他承认的那样,是个愿意一生为情所困的男人,但他确实是个爽朗、风趣、带点黑色幽默、大大咧咧的话篓子的男人,甚至还有点好玩,这点我敢确定,是的,我确定。

潘军和小说

——在中央电视台“读书时间”的谈话

李 潘

时间：2000 年 6 月 3 日

地点：北京，中央电视台演播室

李：“读书时间”这一期的节目，题目就是“潘军和小说”。提到潘军这个名字，以前大家更多的是在一些文学期刊上。最近，人民文学出版社、中国工人出版社、花城出版社等六家出了您 16 本书，媒体上甚至称今年是“潘军出版年”。对此，您怎么看？

潘：这不是一个话题，只是个巧合而已。没有人一年能写出十几本书，抄也来不及的。之所以会形成这样的局面，究其原因，是我自 1992 年之后选择了另一种生活——我去了海口，在那里办了一个文化公司。这样一来，用于写作的时间明显就少了。一些曾经在文学期刊上发表的作品，没有来得及整理，全堆在那里。到了 1996 年之后，我摆脱了生意上的纠缠，重新回到案头，这

潘军作品广告

才有时间处理这些事情，按照不同的体例，编了一些作品集。出版社大概也突然发现，我可能是一条漏网之鱼吧，就都找上来了。实际上这次所出的，除了《独白与手势》的前两部《白》、《蓝》是新写的，其他中短篇都是过去的小说、散文随笔的结集。市场上没有我的书，读者又需要，出版社自然就会考虑了。至于媒体的概括总是带有煽动性的。

李：我注意到，您在 1992 年之后便放弃了一个专业作家的很多待遇，我想知道您为什么要做这样的选择？

潘：1982 年我毕业于安徽大学中文系。之后就分配到了机关，前后混迹了八年。我不喜欢机关。到了 1990 年，因为意外的机缘，使我脱离了机关，去了安徽省文联。我对自己的定位是职业作家。这与我们体制内的专业作家可能不太一样。第一，我不参加包括中国作家协会在内的这样一些组织，因为写作永远是个人的事情，不需要组织出面张罗。第二，我不需要职务和职称，因为作家是靠作品说话的，名片上的名头再大也无济于事。第三，职业作家是坚持自己的学术立场的，是按自己的文学主张进行写作的，而不需要由组织出面安排诸如体验生活这样一些莫名其妙的活动。或者被召唤去写什么。但我那时就意识到，要想成为这样一种职业作家，首先得考虑生存。所以，1992 年我去了海口，之后的六年我都在挣钱。谁料，挣钱也不容易。

李：那您是怎样解决生存问题的？在谋生与写作之间是否存在着矛盾呢？您又是怎样来处理这些矛盾的？

潘：我做过生意，但都很失败。失败并非因为我无能，而是我一直按照“游戏规则”做事，可是在商场上遇见更多的，是不遵守这个“游戏规则”的。因此，失败的肯定是遵守规则的一方。比如说，我欠人家的钱肯定得还，但人家欠我的钱肯定是要不到的。所以海口、郑州的前后五年，日子特别艰难。直到1997年做电视剧才有了转机。电视剧自然毫无成就感，但确实能够挣钱。你说得没错，谋生和写作是矛盾的，如何处理，我觉得主要还是取决于自己的控制力。一个作家应该有可塑性，就是写什么像什么，但也应该认识到写作是有思维惯性的。我之所以还能写小说，是因为把握住了这个度。要是我毫不节制地去写电视剧，我想我就可能找不到写小说的那种状态和叙事感觉了。我现在一般是隔两年写一部电视剧，主要的精力是花在写小说上。

李：您在谈到文学时曾说，一个男人能持久地爱一样东西是不容易的。那么，您是否还记得，这种爱是怎样萌生的？它在您一生中有着怎样的意义？

潘：一个男人做事情，首先是因为做这件事的欲望在起作用。我是一个为欲望而写作的人，二十年写下来，没有别的理由，唯一的理由就是喜欢。你在写作，你就感到自己活着，感到充实。自从我二十年前开始写作时，我就觉得这件事非常适合我。我在写作中是自己的上帝，可以为所欲为。那种愉快是只有当事人才能体会得到的。我不喜欢“甘于寂寞”的说法，它意味着忍耐。一个人靠忍耐是做不成事的。就像一对夫妻，不能靠忍耐来维持他们的婚姻。

潘军绘画作品·绍兴

李：今天我们节目的题目是“潘军和小说”。您在文坛上最初是以“先锋派”的形象出现的。我在读了你早期的作品，如《南方的情绪》、《流动的沙滩》等实验性很强的作品后，感到你现在的路子变了。最近的《重瞳》、《秋声赋》以及《独白与手势》等，已经好看起来了。我想知道你为什么要改变？

潘：“先锋派”是批评家们做学问的一种归纳，主要是针对八十年代一些在小说形式上比较极端的青年作家的。我也是其中之一。我应该承认，那个时期我的创作是受到西方一些作家的影响的，总是希望自己的小说有别于中国小说的传统，带有一定的反叛性。无论现在人们对“先锋派”作何评价，作为亲历者，我对发生在十几年前的那些文体实验都很怀念。它训练了我作为一个小说家的能力。至于现在，我的这些调整都是发自创作的内在需要的。我不需要去迎合市场，也不会去迁就读者。一个作家应该为自己写——写出自己内心的感受，给朋友看，给那些喜欢你的读者看。但这些读者是小众的，不是大众的。

李：我还发现，你写小说喜欢使用“第一人称”，“我”如何如何，为什么？甚至写到项羽，还是用“我”！

潘：这就算是我个人的偏爱吧。其实第一人称的叙事也是有着许多的变化的。比如你谈到的《重瞳》，我得意的就是这个“我”。这里的“我”，实际上是一个视角，项羽亡灵的视角。一个两千多年前的幽灵，俯视着两千年之后的大地，叙述着自己从前的经历，这个视角很有意味，找到了，就成就了这个小说。

李：读者也许会想，这个“我”是您吗？比方说，像《海口日记》和《独白与手势》中的那个男主人公，和你潘军一样都是作家，也曾一样下海去了海南，经历了许多事业上的起伏和感情上的波澜，您怎么看呢？

潘：读者往往把当代题材中的“我”与作家混为一谈，这个可以理解。因为第一人称的叙事最大的特点就是那种“现场感”。读者也因此感到亲切。从我经常收到的读者来信中，也反映出了这一点。有位天津的读者就反复写信问我，说《海口日记》中男主人公住宿的那条搁浅的旧货轮是否还在？要是还在，他就想辞职去接着住。我立即回信说，这些都是虚构，别当真。这里有两个问题可以商量。其一，按照博尔赫斯的解释，一个作家任何一次写作都是在写自传。他说的是作家自然会把自己对世界的认识与体验写进作品的。譬如《重瞳》，副题叫“霸王自叙”，用的是第一人称。开篇就是“我要说的自然是我自己的故事。我叫项羽。”这中间除了叙事策略的考虑，也还包含着我对项羽这个死了两千多年的人物以及那段历史的理解。其二，既然是小说，那就无法改变它作为虚构文本的性质。小说就是由虚构和叙事组成的。

李：读了一些您写城市的小说，我觉得您虽然写了好多男主人公身边的女性，可您并不想真正走进她们的内心。或者说您在写到她们时多少有些漫不经心。您真正关心的、想表达的还是男主人公的一切，用批评家们的话来说，就是“表现了现代男性内心的焦灼”，是这样吗？

潘：奇怪的是给我写信的读者多半是女性。特别是连云港的一位女性读者，来信说《蓝》中女主角，简直就是她。我不认为我在写女性时是漫不经心的，陈晓明说，我笔下的女人让他痴迷，还说有人说过，看到潘军笔下的女性，第一个愿望就是想同她们做爱。对作品里的每一个人物我都会认真对待。你的印象我想可能是因为我以女性的视角观察的比较少，这也不奇怪，因为我是男性嘛。

2000年潘军作品研讨会

李：好几位批评家提到，您的写作是以自我为中心的，作品中有一种忧郁和感伤的调子。您觉得这种情绪从何而来？

潘：我不以为“自我为中心”是问题。作为文本的制造者，实际上我的操作也是带有局限的。一旦写作发生，作家往往会被置于一个被动的地位：不是作家在支配文本，而是文本在引领着作家。至于你所言的那种“忧郁和感伤的调子”，我想或许是有的，这大概与我个人的经历有些关系。我认为一个作家应该立足于民间立场，但他的作品应该洋溢着贵族气息——不是那种附庸风雅，而是在故事之上有一种形而上的意味，这样的小说才是真正好看的小说。

先锋是一种文学精神

——作家潘军访谈录

张 英

早在20世纪80年代初期，还在大学里读书的潘军就受到了西方现当代文学的影响，这使得他在开始写作之前就树立自己对写作的理解和认识，以及对文学作品的判断、标准和衡量的尺度。因此，这个年轻人在刚刚开始创作不久，就在小说写作上进行了大胆的实验和探索，在当时保守的安徽文坛激起了强烈的反响，在文学圈内脱颖而出。像《南方的情绪》、《流动的沙滩》以及长篇小说《风》应该是潘军在那一阶段的代表作。也可看做中国先锋小说的经典之作。之后，潘军发表了大量的文学作品，成为先锋派文学中间的主力干将。

时间匆匆而过，在20世纪90年代商业大潮强劲冲击下，文学几经浮沉，先锋派文学的大旗早已雨打风吹去，写实传统的回归成为了文学的主流，即使是那些先锋作家们，也在写作方向上进行着现实的调整，就在这种变化中，潘军推出了他的长篇小说系列《独白与手势》之《白》、《蓝》、《红》，在文体上大胆把图画引进文字中。在这部系列新作里，图画在文字之外成为了一种叙述，如同电影中断断续续的音乐，使得这部小说在文字上形成了双重叙述，读起来竟然有看立体电影的效果，大大扩展了艺术的审美空间。在看过《蓝》、《白》以后，我在北京对潘军进行了采访。久违的潘军精神很好，这大概和他是一个自由人的身份有关：在多年以前，潘军就从机关辞职，奔向商海，和其他人不同，潘军不仅没有被海水淹死，而且在波浪中游刃有余自得其乐，活得越来越有精神了，小说也越写越好了，这真不是一件容易的事情。我们的话题也由此展开。

张：最近，人民文学出版社、花城出版社、中国工人出版社、大众文艺出版社、安徽大学出版社、浙江文艺出版社分别出版了你的作品，回过头看自己这么多年的作品，你有什么感想？另外，报纸都说今年是“潘军出版年”，你是不是有预谋这么干的？

《潘军文集》首发式

潘：我现在似乎成了文学界的一条漏网之鱼，出版社都把网往我这儿打了。其实理由很简单，因为市场上买不到我的书。我经常收到一些读者来信，有的是通过《小说月报》、《花城》这样的杂志转来，问哪里能买到我的书？我想出版社看好的是这个，当然我的作品品质也是个原因吧。我对出书很认真,不轻易出。今年只是个巧合,预谋无从谈起——我有那么大的能耐吗?

张:你当年突然从文坛消失,然后在多年以后突然又出现,你以后会不会再去做别的行当呢?

潘:20世纪90年代初我的一些朋友浮出海面的时候,我突然消失了。林舟说,"到底是文坛疏远了你还是你疏远了文坛呢"?我说彼此疏远。1996年开始重新写作,写的第一个中篇的名字就叫《结束的地方》,似乎以这部小说来结束那段生活。《结束的地方》是一部非常好的小说,我自己很喜欢。这以后的几年里,我写了三部长篇,近二十部中篇,还有二十个短篇,还有话剧、散文随笔,倒是有点一发不可收的意思,但也许你期待我再写小说的时候我可能去拍电影了,或者画画了。从这一点讲我的心态很年轻。

张:现在,重返传统的写作方法已经成为作家们不约而同的选择,你怎么看形式、技术在小说里的作用?

潘:朱苏进的《绝望中诞生》,中间有个细节很精彩,他写一个作战参谋到集团军司令部报到的时候,别人考察他的能力,摊开一张军用地图,然后让他看一看,看完以后把中间一块挖掉,再让凭自己的记忆和想象把山川河流道路它们都连起来。这个很像我的小说,我的小说就是有一个巨大的空间把它挖到故事以外,这样就能把读者调动起来。但我的小说里又充满了种种的暗示、质疑,不会让你看了有过多的迷茫。这样,读者去衔接的时候他就有一种创作融进去了,甚至超出了作为创作者本人预先的设计。这种东西是我所痴迷并一贯坚持的。这种东西要求作家具备很强的叙事能力,当然在技术层面上也很讲究。

我觉得一个作家的天赋和能力,是他最后能否成大气候的一个决定性的因素。天赋包括你的素养和气质。能力就是一种纯技巧性的东西,所以越写到最后,自己的心越虚。我曾对一位文学青年说,只有当你感到文学的路越走越窄时,你才算找对了方向。我不知道别的作家是怎样的情况，因为我面对自己的下一部作品总是犹豫不决。

张：你的短篇小说也写得非常出色，在这些作品中间，你喜欢哪些作品？

潘：有几个短篇我写得很得意，比如早期的《溪上桥》、《陷阱》、《白底黑斑蝴蝶》，近期的《小姨在天上放羊》、《对话》、《抛弃》、《和陌生人喝酒》，这些我自己都还满意。短篇小说是见一个作家功力的，因为它受到的限制太多。

张：我现在主要想谈谈你的长篇小说《独白与手势》，从目前出版的前两卷《白》、《蓝》看，作品引起的反响非常不错，在叙述上非常成熟，也比较好看。我感兴趣的是，在小说中间你在文字中间使用大量的画，这样在小说中间就形成了双重的叙述性格，图画的介入增强了文字的感染力，而且扩大了艺术审美的氛围和空间，你这样做主要是出于哪些考虑？

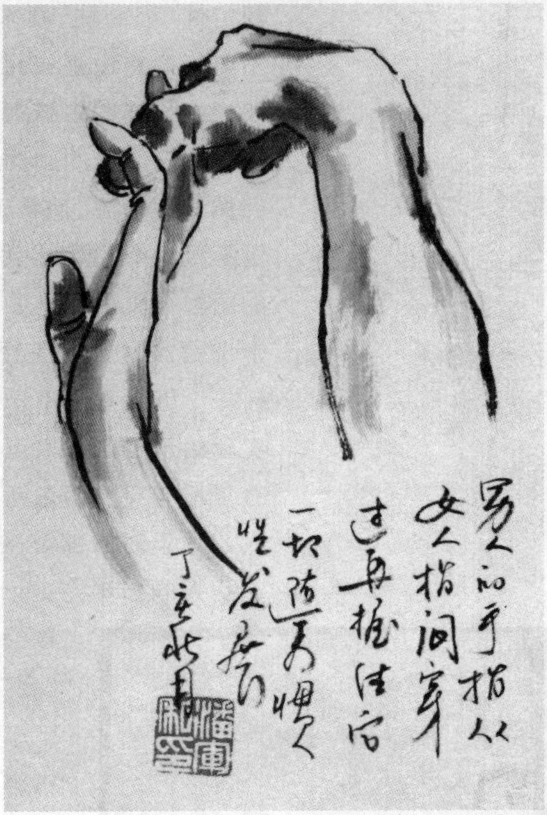

潘军绘画作品·独白与手势

潘：这个想法已经有很久了。我有一个特点，即在写一部小说，尤其是长篇小说之前，打动我的是怎么写而不是写什么。我需要形式上的一种认定，也就是要找到我预期的那种方式。我在写《风》的时候就是这样。《独白与手势》1993 年的时候我就想写，那时我在海南岛。我的想法是，如果说把图画的功能理解成为一种叙事，跳出原来那种插图的概念，使之构成一种叙事的层面，这种做法本身就是非常有趣的。我是因为这种形式的欲望然后才产生写什么的念头的，直到五年后我才动笔，人已到了北京。

《独白与手势》把文字和画揉到一起，这中间有一种互文性，有不可代替性。比如说在第一部《白》里的第一幅图，它带有一种规定性、强制性，要求你立即走进一种皖南乡镇的氛围里去。你不可能把它理解成北京的胡同，所以你就得适应这个氛围。再比如当第一部即将结束的时候，我写到了犁城降下了初雪。于是就加了一场雪景的画面，因为这个时候我需要读者在很压抑的时候突然得到释放，他看了这个画面之后会一下子舒展开来。这种感觉不是一个“雪”字就可以代替的。当然还有一些寓意性、象征性的图画在里面。比如说那上面写有一个家庭不和谐，我就拍了一个洗脸盆，这个洗脸盆两个龙头不一样，两个漱口的杯子不一样。一副手套都不一样，这种冰冰凉凉的不和谐的家庭普通用具实际暗示了这个家庭本身的冰冷和不和谐。还有一种是文字本身力量不能穿透的东西。比如说这一幅，这个细节是那个男人和女人在分手时的那个圣诞之夜，男人拿了根蜡烛，他把蜡烛的油滴在女人的指甲上，他说：这就是世界上最好的蔻丹了，太美了!还有很多带有一种特殊时期历史感的东西，譬如“我”当年在农村生活的时候画的那些速写、乡下小屋、挂上的草帽，以及象征父亲劳教苦难的石磨，等等，很能感染人。但是图画的引进主要想改变叙事的线形关系，从而拓展出更大的阅读空间和想象空间。有些图文关系不一定停留在表面上。

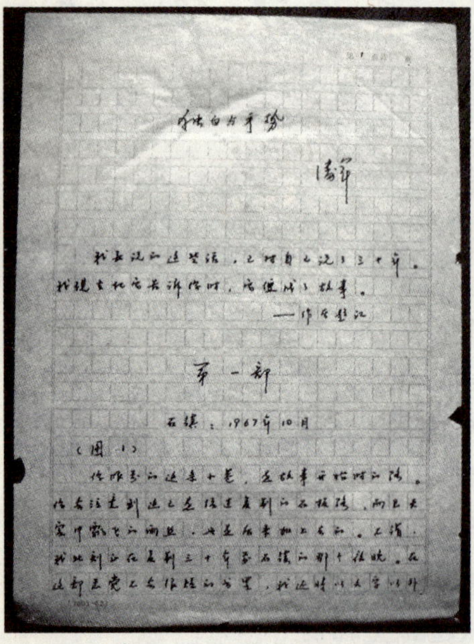

《独白与手势》手稿

张：这部小说是不是受到了法国电影《蓝、白、红》的影响?连名字都一样，我只能猜想是你热爱这部电影的缘故。

潘：是啊，好多人都问我：你是不是受到基耶斯洛夫斯基的电影《蓝》、《白》、《红》的影响?这我在创作谈中就公开讲了，不错，这个名字是从那里过来的。有人问，你是不是也要表现自由、平等、博爱?我说不是的，我只是在表现一个男人几十年的情感磨难与心路历程。至于小说的分卷名字，是在小说写了几万字以后才突然感觉

《独白与手势·蓝》原发刊物《小说家》2006年第一期

到的。(李佩甫说我的小说总是有一种色彩的感觉。这可能与我绘画有关系)有一种很苍白苍凉的东西在里边,既有一种童年家庭的苍白,又有社会、历史以及情感上的苍白,这便成了第一部的基调,所以叫《白》。第二部写的是南方,因此地域环境构成是一种天然蓝色的基调,而且蓝色有时候被我们理解成一种忧伤、一种神秘和一种梦幻。那么,第三部我要写一种生命的辉煌和毁灭,带有一种红色的气氛,很壮烈,也带有抽象性的象征意味,如同马蒂斯的绘画。

张:图画进入文字以后,文字反而获得了自由,显得轻松、简洁,整个小说也因此有了张力,给读者一种新奇和愉快的感受。你当初这么写是不是主要考虑到,今天的读者已经没有耐心读太长的小说了?这难道不是一种妥协吗?

潘:很多年前我就有过这个观点:时代制约小说形式。为什么巴尔扎克时代有巴尔扎克式的小说?因为时代需要那种啰嗦的小说。而今天这个时代还需要再多一部《追忆逝水年华》吗?好像不需要。这也是一个作家需要自我调整的，这种调整倒不是一味地迎合市场，而在于内心的文学需要。我跟李陀也讲过这个问题。李陀讲外国也存在严肃文学和市场的这么一个矛盾关系，严肃文学不能永远只是几个人在看几个人在评论啊，它还有个商业的问题，如果你老坚持以前那么写，出版商不愿意出啊，得想个招啊，想个办法啊。其实我一直在想这个办法，而且我一直在身体力行。我所信奉的文学原则含在作品中间，以前的文学素养与品质也是不会丢的。李洁非说我的作品中间在很多地方可以看出先锋作家的底蕴在里头起作用，这也就是我和其他写城市的作家不同的一个地方。另一方面我又考虑到怎样使读者更多地接受我的小说，比如我现在的一些小说，如《海口日记》、《对门·对面》、《重瞳》等，故事、结构都很完整。但在叙述的方式上我仍然在下工夫，只是把故事说得相对完整一些，这并不影响小说的张力和弹性。对这种探索，有些批评家，如施战军、吴义勤、林舟等，都认为我的调整与别人有所不同。汪政说，《独白与手势》应该是一个多媒体文本。

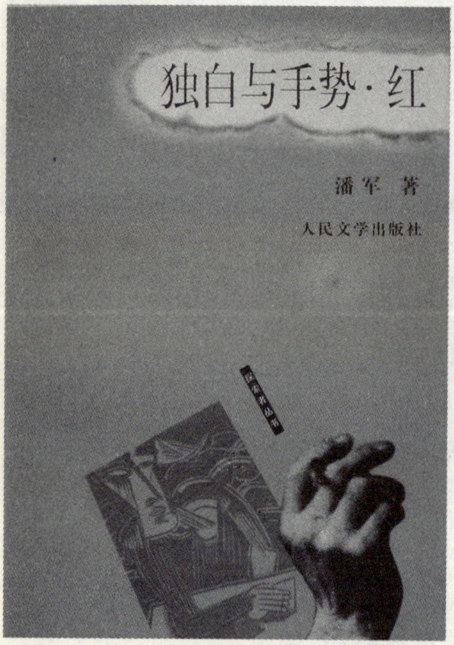

《独白与手势·红》人民文学出版社 2001 年版

张：现在的长篇小说普遍比以前的长篇小说要短，这种趋势是不是你们现在共同的追求？

潘：对，我很厌倦了那种写得很长的小说，不能因为它是长篇小说，每个人都要拉开制作史诗的架子嘛。首先是需不需要，其次是尽可能短下来。冯敏把这部小说跟《日瓦戈医生》放在一起比较，他觉得在描写精神苦难上面达到了一种相当的高度，虽然这是鼓励，但这部《独白与手势》就是在表现一种精神苦难，从个体的生命的体验中来反映出这个时代的历史和沧桑，这就是一种追求。白烨说，这是真正的"个人化"写作，因为做到了以一当十，以小见大。

张：有人把你的经历和情感同这部作品的内容联系起来，认为在某种程度上,《独白与手势》也是你的自传,因为小说中间的一些细节非常感人,没有自己的亲身经验,是写不出来的。我想问的是,在作品中间,男主人公在多大程度上有你的影子?

潘:个人的履历只是一种底色。作为进入文本的故事自然是虚构的了。

张:来自生活的经历对你写作的帮助大吗?现在,提到生活,年轻作家们似乎都不以为然,但是,他们的小说里的人物却很少能够让人记得住的。

潘:当然,生活、经历对写作是非常有好处的。我作品中有许多细节都是从生活中来的。有一次我跟一个朋友聊天,说假如你在这个城市里突然遇到不同时期的几个情人怎么办?这种情况很磨人。不是摆不平的问题,不是像有些很坏的男人把这个稳住又去对付那一个,不是这种,而是感情中所有的酸甜苦辣全部在这里,所以包括我很多异性的朋友看过书后说,我很爱你的书,我觉得感情上很多东西是共通的。比如我们年龄上有差距,但是在对情感的理解上,做人的方式上、气质上、品位上是一样的。我就强调,你在街上很随便地拉一个人,把他请到房子里诚恳地说。不管是什么人,只要他倾诉出来他的故事一定很感人。有一些朋友有时给我讲他们的知青生活,他们平时玩世不恭,但是一涉及知青生活就让我感觉到那么震动。写作本身就是一个真诚的态度。写作本身就需要用一种真诚的态度去对待写作的对象。

张:写完《独白与手势》以后,你的下一个长篇小说会写什么?

潘:我可以提前给你一个消息,写完《红》以后,我将进行下一部长篇的写作准备,名字叫《中国陶瓷》。为什么中国叫 China? China 就是陶瓷,陶瓷不叫铁 China 也不叫钢,当然这是我自己的咬文嚼字。我们大家查祖宗三代都是农民,上一代人都是这样,都有淳朴、天然的一面。但是土成了陶瓷以后就是土的精品,它经过了一定的烧冶、工艺以后虽然还有土的本质,但是成了土的一种精华,值得炫耀的东西。这种东西做出来以后,既能为民间所用，更多的越来越精细，成为一种御用的东西，成为一种摆设，到一定的时候又容易成为一种别人糟践发泄的对象。比如吵架时摔的杯子，一摔就碎掉了，如果这个杯子是铁做的，它就摔不碎，因为是陶瓷，它很脆弱，经不起什么。当然这个陶瓷埋在土里三百年以后它又成了文物，它又成了这个民族的精华和瑰宝，又摆在红天鹅绒上供人瞻仰。我觉得几千年以来，中国的知识分子就是这种命运，是宿命，和陶瓷一样。我会下工夫来写这部长篇小说。至于什么时候写，那得看准备了，我自己的安排是在四十五岁之后。这也许是我作为小说家的最后证明吧。

张：你确实看得很开，你不像别的作家，在下海以后回来再写作的时候，连对文学的看法都变了，有的人更是把文学也看成了是一门生意，用了很多商业上的手法在那儿操作、经营自己的作品。你在做生意已经非常成功的时候，决定撤退，回来写作，又是因为什么原因呢?你在文学这方面，却从来都不屑于用那些你在商业上的手段炒你自己，这是为什么呢?

潘：当初我去南方，与其说是做生意，不如说是改变一种活法。因为众所周知的原因，我在安徽文联两年没有具体部门愿意接受我，挂起来了。我就想作为一个男人，养活自己应该不是什么问题，就说走就走了。我把自己并不当回事，但我知道自己能做什么。我不在乎这个圈子怎么看我，我向往的是一种自由状态，假设我要是当时不离开的话，凭我现在这种创作上的实绩，放在任何一个作家身上，都能得到一样的东西：一级作家呀、四室两厅呀、特殊贡献呀、有成就的专家呀以及什么作协主席副主席的，这个委员那个代表等等，但是我真是不在意这些东西，我觉得一个作家最想要的只有作品，他只能活在自己的作品里。这是一个职业作家的基本素质。

张：你对文学真的是非常热爱，一般下海以后，东西就写得少了，质量也大多不如以前了，你一边在经商，一边还在写作，是什么在支撑着你写作?

潘：欲望，写作本身的欲望。我有句话，我爱文学不爱文学界。一个职业作家不同于一味向市场倾斜的自由撰稿人，自由撰稿人基本上是围着市场转，今天叫我开个专栏我就开一个专栏，明天叫我写一个电视剧我就写一个电视剧，后天让我跟一个老板策划一个东西我就去策划，只要给我钱，因为我要活人，我要靠这吃饭，是卖文为生的，这样也很体面。当职业作家意味着什么呢？就是你把这个文学当一门学科来研究，当然这也有一个前提，首先你有没有解决自己生存的能力，同时我们又不沉浸不迷恋在这里面。比如说我搞电视，我不是一头扎进去就出不来了，我一年搞一个或者两年搞一个，挣下一笔钱够花就是了，然后，我就把计划中要写的小说全部写出来，等我感觉到是不是该再去挣一把钱了，我就再去挣一把，基本是这种情况。我把谋生和写作严格分开，然后根据自己既定的写作原则，只要感觉到自己的能力没有完全丧失，就作最后的努力。

张：做生意的作家没有多少能够赚到钱的，你不仅赚到钱了，而且人也没有像别人有那么大的变化，给人的感觉也很舒服，这主要是什么因素在起作用？

潘：心态。你得把住自己才是。

张：就是彻底把写作和生存分开，文学和名利分开以后，你才拥有了精神的自由和写作的自由，真正解放自己的内心，进入最佳写作状态。

潘：我写得比较从容与我个人的心态与精神素质有

潘军和汪曾祺先生·1993年海口

关。我历来不主张作家成为一个明星,中外历史上作家都不应该成为一个明星。明星有明星的生活方式，作家有作家的生活方式,虽然这个社会这么浮躁,时尚流行得那么快,但是对于一个作家来讲不一定非在电视台坐坐,经常在媒体上露露面,就表明他是一个作家,我觉得不需要这么热闹。根本就不需要。那天有传媒的朋友问我,有没有这种感觉:我出了这么多东西,不被社会认识认识,不被媒体重视,实在冤得很呀,熬不住呀。我说这种感觉我三十几岁的时候有。三十几岁我觉得不在北京，不在上海，远离了这种大都市的文化光环，我觉得我写得不比别人差嘛。后来年龄大了,这种东西就消解得比较干净了。因为作家最后是要凭作品说话的，跟跑马拉松一样，谁先跑到终点谁好,而不是说谁的起跑最漂亮,谁被锣鼓一路欢送。前些日子我给《北京青年报》开专栏,就写过一篇《光着脚丫上路》。

张:作家难道就不应该坐在家里好好地写作吗?像你这样四处漂泊,有没有想安定下来的念头?

潘：我也希望能坐到自己的书房里。谁不愿呆在自己的书房里?谁不愿看到自己所熟悉的东西?在家里多方便哪!而且我在合肥的房子我装修得很考究,很舒适的,四面都是书橱,桌上还有台式电脑,很舒服的。但是命中注定,你要过一种流浪的生活,但你不能因为流浪就不写作了,你只能安慰自己先对付着,等心沉下来还是得写啊。记得我有一次在郑州鲁枢元家里,看到他的书房有一屋子的书,我当时眼泪差点就下来了。我说我看到你的书房就很难受,我也有一个不比你差的书房呀。不过现在也有人认为,如果你潘军停顿下来,固定到你的书斋里,你也许就写不出这么多东西了,你在流浪过程当中那种状态跟静止状态肯定是不一样的。

张:这些经历也丰富了你的创作,权当是你这么多年一直在体验生活了,你重视这段生活的经历吗?

潘:我想是的。流动的状态对我的创作至少是潜在地起了一点作用。如果我不在海南呆几年,我也许就不能写出一批与海南有关的小说了。尽管我写作不依赖经验的东西,但是我又无法忽视自身的经验。那种真实的感受与体验,跟你坐在家里琢磨完全是两回事,你找到的是一种气息、一种真切。所以应该说,经历对一个作家来讲还是财富。有一次跟苏童、叶兆言在杭州,我开玩笑说,你们现在就是提前过上退休生活了,俨然江苏的老作家。再过几年就为青年人写点前言后语了。

张:现在,写作对你究竟意味着什么呢?

潘:有意思,在小说里我找到了快乐。我是个一意孤行、自得其乐的人。不在体制内,也不是中国作家协会的会员。我是为欲望写作的,或者说为理想写作的,用李陀的话说,我是一个过于迷恋叙事快感的人。我会一直写到自己最满意的时候。但是如果感觉到开始走下坡路了,我也许会立刻放弃写作——至少是不写小说了。那个时候我就写写散文随笔呀,写写画画呀,或者去做导演拍电影,我照样有很多事情把自己充实起来。

张:那你觉得作家和媒体应该是怎样的关系?有时候,媒体的介入有可能对文学是好事情,尤其是对于严肃文学而言。

潘:首先我决不会有意识地去寻找传媒,或者说迎合传媒。比如说有些传媒记者不管是出于什么考虑,以一种很客观的态度来对待你,这是很正常的,这是很真诚的一种交往。但是我自己推测,文学有时搞得很热闹,很多是带有一种制造的痕迹,不是当事人本身在制造,就是传媒在制造。很多东西都有传媒制造的痕迹,比如余杰跟余秋雨之争,说“文革”忏悔,比余秋雨更应该忏悔的人多着呢,为什么偏挑余秋雨练呢?不就是因为余秋雨是一个公众人物吗?这种动机本身就很可疑,对这种东西我毫无兴趣。最近的卫慧和棉棉的抄袭风波同样无趣,我倒觉得某种意义上她们都在抄袭——抄袭时尚。一种论争倘若远离了起码的学科精神,那就是作秀了。

张:那你是很超脱的,因为你现在有钱了嘛。我觉得关键还是在于人自身的选择,人是否健康,你究竟要什么东西,这是最重要的。

潘：我不是超脱而是选择。超脱是以自己富足为前提的，选择却不需要什么条件，是个人判断在起作用，这个钱我觉得比较体面，我愿意挣它。那个钱我觉得不好意思拿，那我就拒绝，这就是个选择问题。

张：我做了两年的编辑，读过很多小说，现在的生活真的是那么单调和重复吗？那么多的小说，读起来的感觉都是一样的，人物不鲜活，对话写得特别差，这种问题非常严重。年轻作家普遍强调生活就是自己的存在状态，比起前辈作家，他们更加重视想象力的作用，但是，他们的很多对生活的体验是来自书本和电影，这可能也是一个问题。从艺术风格上来看，小说正在越来越无趣，有时候连读的欲望都没有了。我想听听你个人的感受。

潘：我们面对的世界是一样的，生活是相同的，而且对生活的判断大体也是相同的，那么这里面就有一个技术性的问题，有一个观察的角度，就是你刚才讲的想象力呀等等，为什么有些人想象力很贫乏，而且导致了一种很相同？为什么显得那么空洞那么外在呢？我不知道你做孩子的时候对知识青年是否还有印象，只要到农村里去，谁是知识青年，不管穿什么衣服你一眼就看得出来。这说明表象的东西是靠不住的，你的工夫必须花在深处，把它发掘出来，这还是一种天赋在起作用。另一点，就是作家本人对小说的一些素材的处理方式也是大不相同的，我认为是，别人也许会认为不是。比如你刚才讲的，为什么我的小说可以多方面看待，这正是我所追求的东西。小说永远只能看出一种意味，永远不能看出一种意义。"唉呀，我这是表现对苦难的一种承受。"得，我写的苦难，它远远不是仅仅表现它的一种承受，可能还写苦难对人格的一种滋长等等，我在写这些东西的时候老是让它处在一种暧昧的状态，多元的，不确定的，是又不是。我只有捕捉到这样的东西以后，才觉得这应该可以做一篇小说了。我们跟一些前辈作家和其他作家的首先区别就是这里，在他们看来，我们这些东西本身就不配写进小说，而在我们看来，它绝对是一篇现成的小说。由于这至关紧要的一点的确立，它的故事形态，它的结构方式、表达方式都发生了变化。

张：现在谈文学已经成为一件很羞耻的事情：比如你在一个场合和同是从事文学的人谈文学，即使对方是非常在意文学的，但是他跟你在谈文学、人生、信仰、理想的时候，就是不好好谈，而且会经常讽刺、嘲笑、挖苦你，怎么会这样的，连我们搞文学研究、写作的人都变得这样了，言行不一，这真的是让人好难受。

潘：你这种感受还是比较真切的。北京是一个打造时尚而远离经典的地方，往往在北京叫得起劲的事情，其本身就是没有分量的事情。我所指的分量，指的是一种专业成就和专业精神。北京永远不会出现伯格曼。比如说有一本书最近在北京很红，我就不看这本书，真正的好书在北京是红火不起来的，因为它现在痴迷于流行时尚的东西，它缺乏一种经典意味，丧失了纯粹的专业精神。这种东西我们从哪儿找呢，还是从内心里找，从过去的一些经典中去体会、去沉浸、去沉醉。今天，我们还要去迷恋卡夫卡、博尔赫斯，就因为卡夫卡、博尔赫斯对我们太需要贴近了，他成为了一个朋友，他陪伴着你。在北京找到一种经典意味的东西是很困难的。往往是一种很低下的东西，或者说很没有品味的东西红极一时，这个很正常，这符合北京人的特征、这座城市的特征、这个时代的特征。如

潘军绘画作品·湖光

果某一天在北京真搞出了一台很了不起的东西,那么我相信那时候它的周边乃至整个环境都起了变化。

张:既然文学环境令你那么失望,那你是靠什么在维持着对文学的希望呢?

潘:一个正常的氛围应该是各得其所。应该让某一部分人永远去谈他们感兴趣的东西。美国有《花花公子》,也有《大西洋月刊》。像企鹅出版社、子夜出版社、蓝登书屋都不可能去出一些莫名其妙的书的,百老汇也不可能去演什么小品吧!这里没有你吃我、我吃你,你兼并我、我兼并你,只是各取所需,每个人都有一个自己的圈子和氛围。所以多少年下来以后,它就成为一个经典,成为一个名牌。而我们不是,我们是一阵阵的,基于一种官方的意志,或者是传媒的促进,还有一个老百姓的口味,谁左右这个东西?无非是官方和市场嘛。一个写作的人面对这么一个复杂的局面,而且还面对本身文学界内部的一个最大的遗憾——大师的缺席,权威的缺席。没有权威就意味着没有公正,没有裁判,所以唯一支持你的就是这种你作为职业运动员的心态和素质,要不然你就不踢了,就改行了。我觉得这种东西是我们目前缺乏的,这就是一种专业的精神对一个人的一种支配,我们现在已经很难看到这种精神了。

张:在这个时代里面,文学真正是很寂寞,很多在边远地方的文学青年在开始写作的时候,都很不错,但是,由于种种原因,他们的作品得不到重视和关心,所以,当市场经济的诱惑一来的时候,很多人在理想上就妥协掉了,毕竟,生存的压力和看不见未来的恐惧改变了很多人。你现在把工作分得很清楚,一两年写一部电视剧,再写多少篇小说,这两种文体的写作会不会有冲突呢?

潘:一个素质不错的作家应该是写什么像什么,除非是你力所不及。我没觉得有什么困难。有些人也老这么问我,你写了电视剧,怎么小说的感觉还没有丢呢?我说,我心里很明白,怎样去对待不同的东西。

张：你的小说控制力很强，叙述也非常节制，小说中间的废话非常少，而且很少有泛滥的抒情，在结构上也很讲究，读你的作品必须从头看到尾，一点不能漏过，否则，这个故事就看不明白了。相对而言，现在的小说水分太多了，有时候看到头就知道故事的结尾，还特别长。

潘：你做编辑的，小说在你的手上，你第一段，甚至是第一自然段读完了，是不是好小说你马上就有判断，如果小说叙事好，很精彩，你马上就会有兴趣把这个稿子看下去。你读了我的那么多作品，有一点应该很明确，就是把它们放到一起你能感觉到它不是一个人写的，又像是一个人写的，它的不变中也有变化，比如说我写的《对门·对面》和《海口日记》，比如《三月一日》和《结束的地方》，比如《重瞳》和《秋声赋》，它们都是不同的叙述方式。我只是感觉到这个东西只能这样而不能那样写。我觉得一个职业作家兼有手艺人和艺术家两种特质：一种是手艺人，他没有什么神圣，做手艺的，干手艺活的就像你当编辑、我写作，没什么高低之分；第二个我带有创造性的程度，那就是一种艺术家，我通过我的语言叙述，在这上面建立我的梦想，那就是一个艺术家。人真正的谦虚就是意识到自己还不够，确实我还是不尽如人意，这才是真谦虚，而不是到处鞠躬。

张：现在，有些作家的作品评论家不好下笔，因为作品特别复杂，作品本身也对评论家构成了一种挑战，评论家也很难下判断，就是看了评论也很费劲，因为有时候评论比它解读的小说还要长。

潘：评论家有很多是在借评论作品展现他自己的形象。他不能耐心地阅读作品，也就意味着他不能深刻地理解作品，再加上一些作家又不大在乎别人评论他的小说。所以这个行当不是太有活力。我个人是尊重批评的，无论说什么都可以，因为作品是一个客观存在。但作为写作者，这个作品写出来了我就完成了我的任务。

张：最近刚刚在《北京文学》上看了你的剧本《地下》，你什么时候开始对话剧感兴趣的？

潘：事实上，我的处女作就是一个独幕话剧，叫《前哨》，是写鲁迅的。那时我还在大学读书，二十三岁，这个戏还得了全国大学生汇演的一等奖。我这个人有个特点，就是喜欢随心所欲。但是《地下》的形成在于它的最佳载体是话剧而不是小说，尽管也能写成一部小说。

张：《风》这次也再版了，在当时的文学环境中间，它的实验意义还是十分明显的，你为什么会取这样一个名字？

潘：我觉得风跟历史的形态是一样的，谁都可以感受到它，谁都无法把握住它。我们都是历史中人，也就是风中的人。但我们谁也无法去把握一部历史，谁也没有办法去改变一部历史，更没有办法去撰写一部历史。因为这是一部风中的历史。

《地下》手稿

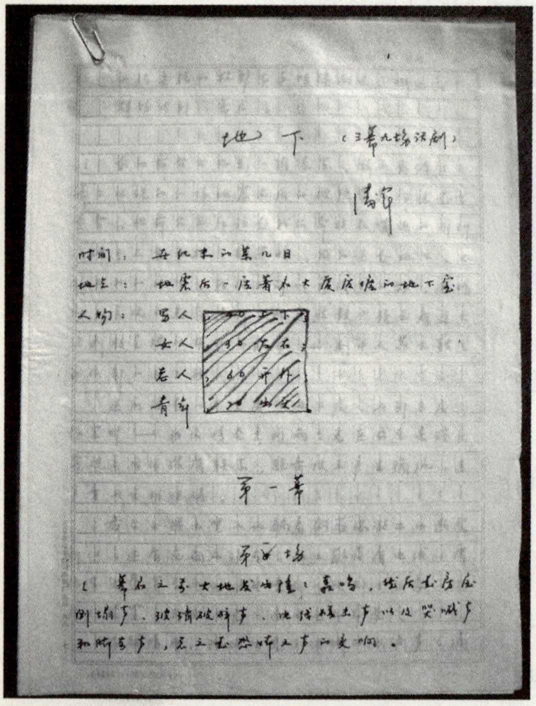
地下（三幕九场话剧）

潘军

第一幕

第一场

张：现在，作家们都开始重视故事了，未来的小说会怎么发展呢？

潘：1997 年《作家》杂志拿了 12 位作家的肖像作封面，并要求每个人就写作的理解写上一句话。我写道：写作是未知不断的显现的过程。现在我要说，小说的发展同样是未知的。

张：现在，你已经抵达你的文学梦想和目标了吗？

潘：直到目前、此时此刻为止，我总有一种不满足的感觉，我觉得这会儿离我心中那种文学的目标还很遥远。对于一个作家来讲，有一个问题值得思考：怎样使自己写得更好？这是一个值得用一辈子去思索的问题，并且要很理性、很客观地扪心自问。

沉思与漫谈

——与《新安晚报》记者的谈话

时　间：2000 年 11 月 10 日~15 日

地　点：合肥市潘军寓所

访问者：黄从慎(文中简称记者)

受访者：潘　军

作为中国先锋小说的代表作家之一的潘军，近年来以突出的文学实绩引起文学界的广泛关注，今年内，他出版了 16 部作品集，如人民文学出版社出版的长篇三部曲《独白与手势》和《中国当代作家作品选集·潘军卷》；中国工人出版社出版的六卷本《潘军小说文本系列》；花城出版社出版的《潘军实验作品集》(上下卷)；大众文艺出版社出版的《潘军中篇自选集》(上、下卷)；浙江文艺出版社出版的《潘军散文》等。这种现象在国内还实属罕见。

潘军选择的是一条职业作家的道路。正是这种选择使他远离了喧嚣和浮躁，甘于寂寞地用文本对中国文学发言。尤其可贵的是，潘军没有因严肃文学一度受市场冷落而向市场妥协，也没有因文学的不再轰动而转型，而是恪守自己的创作原则，保持稳定的心态和纯粹状态，在坚持中求得进一步的发展。他的作品显示出了文学的精神品质和叙事上的新探索，具有较高的审美价值和艺术魅力，他的生存方式和作品取得的成就对当代中国文学具有独特的意义。

日前，潘军接受了我们的采访。现将访谈内容摘登如下。

记者：时间已到年底，我们粗略地给你盘点了一下，今年你出版了16本书，并在《北京文学》发表了多幕话剧《地下》，最近，中篇小说《重瞳》被《北京文学》等众多文化单位的专家、评委推举为“2000年中国小说排行榜”榜首；因此，媒体称“2000年是潘军的出版年”，这些成果是否说明，你的创作已进入了高峰期？

《重瞳》时代文艺出版社 2001 年版

潘军：我不这样认为，这只能说市场需要我的作品，出版界便多出了一些。我的写作状态还是不错的，我的这种感觉，便如一个挖井的人，总有潮湿在前面诱惑着我，倘若越挖土越干或已经挖出了水，我就停止了。

记者：那么明年将有大的动作了。

潘军：明年原则上不写小说了，只想读书休息。我的感觉是写作的路越走越窄，越往后写越艰难。

记者：刚才你不是说写作状态很好吗？

潘军：写作状态好，并不是停笔一年二年就能丢掉的，我过去在海南经商，停了三年笔，写作状态还是好的。我感觉写作的路越走越窄，是因为对小说的叙事要求更高，这是一门艺术，我很珍惜我的文字。

另外，北京有一家机构和我洽谈，想把我的长篇小说《风》改成电视剧，这是一本先锋小说，但我愿尝试一下，按照剧本的需要努力写成好看的故事，来挣一点钱。

记者：明年你主要是休息和挣钱了。

潘军：我把写作与挣钱是分得很开的。我个人认为，写作是门手艺，也是我的看家本领，这是不能开玩笑的。但是写作不能用以养家糊口，所以，我必须要有别的方法，这样才能保证我安静地坐在写字台前，保持一个职业作家的纯粹性。

记得母亲曾经说过："我可不希望我的儿子以后当个小老板。"我当然也不会去当个小老板，我希望自己成为职业作家，以写作为事业，而不是做一个自由撰稿人，卖文为生——那样会没有文学立场。

记者：像你这样把谋生和写作分得很清的作家目前还不是很多。

潘军：我是作家中下海比较早的一批，那段时间，我做过酒店、广告、房产中介和服装，虽然在生意场上没有多大收获，但是它却给我带来了人生的历练，让我体验了人生的各种滋味。经商时，需要和各种各样的人打交道，能遇上各种各样的事情，这为我以后的写作带来了很多素材和感受。1996 年开始，我找到了一条和我本行有关的经商方法，就是搞影视，这个专业作家做起来不仅得心应手，而且没有什么风险。但是有很多作家搞了影视之后，却被影视"吃"掉，出不来了。我因为有个文学梦，所以不会因为钱而转移自己的文学观点和立场。

记者：是的，从南方归来后，你一口气写出了《三月一日》、《海口日记》、《对门·对面》、《关系》、《故事》、《和陌生人喝酒》、《抛弃》等带有城市印记的中篇小说，给中国城市文学注入了生机。批评家李洁非认为，现在的城市文学实际上非常幼稚，“跟潘军的作品一比，却不能不显出外在与空洞来。”“潘军的城市小说表达了作者对城市人的与其环境相称的特有心理的细腻而奇异的，堪称走到了灵魂深处的辨别人”。李洁非指出：“所有这一切，构成了现在的写城市的潘军的特殊性，没有第二个可以重复他。的确没有。”

潘军：我喜欢写城市。我写城市关注的是人心与人性，我的视点不在所谓的信息量上，也不太关心时尚，我感兴趣的是捕捉城市人之间最微妙的心理状态和生存状态，而不在乎霓虹灯、歌舞厅、模特表演等，这些都是城市外在的标签。如我的小说《对门·对面》，其实，“对门”与“对面”不妨理解为城市生存空间的符号，一种城市人际关系的概括，它造成的隔膜，形成的掩饰，也成为相互的观照。

记者：这部小说后来被评论家认为“是写城市的经典”。现在为了适应市场，刊物都在城市化了，城市题材似乎是个热点，农村题材是否已经“土”了呢?但从中国新时期文学发展来看，主要的成就还是在写一些农村题材上。苏联作家阿勃拉莫夫说，农村应该永存，因为人性的存储器之一就是土地，动物和人同它们的交往。

潘军：城市其实是很枯燥乏味的，如果你是一个画家，你肯定是不愿在城市写生而去钻山沟跑荒野的。对于文学，小说题材的吸引力不重要，重要的是写好，追求新的写法。专业标准与读者层面和发行量是没关系的，就像影片的成就与票房的收入没关系一样。我向往经典，厌倦时尚，经典并不完全是指博大精深，侯宝林的相声十分通俗，但也是经典。

记者：今年你分别发表了长篇小说三部曲《独白与手势》，在这部小说里，你大胆地把图画作为叙事的一个部分放进小说，创新了一个新的叙事文本，立刻引起了广泛的关注，并很快就被《小说选刊》转载。当初，你是怎么想到用这种方式的?

潘军：1993年在海口时，我就萌发了这个构想。我觉得如果把图画当做叙事的一部分放置进去，让它成为叙事的一个不可替代的层面，虽然是一次冒险，但肯定十分有趣。这应该是我最初的冲动。似乎带有某种规律性，我总是先想到形式才决定写一篇东西的。

记者：这些图片已构成了阅读层面，缓解了阅读长篇小说时视觉上的疲劳，但与插图又有着根本的区别，如果把这部小说中的图片拿掉照样可以读，但不可能读出同样的味道。

潘军：是的。插图只是对书中某一个情节的图解，在《独白与手势》里，图画在这里既有文学叙述的省略，又有视觉上的冲击，丰富和推动了故事的发展，与文字之间形成了内在的关系。另外这些图片还有一些其他的符号功能，比如，小说中涉及到插队、农家的炊烟，包括那条狗等，这都是有一种历史感的东西，而且这些具象的东西实际上是有某种抽象的意味。

记者：这些图片是如何产生的?

潘军：有的是在我下笔之前就在脑子中存在了，有的是在写作过程中出现的。

潘军和牛汉先生·1999年北京

记者：这部作品在叙述中，带有很大的诗意成分，比如《独白与手势·蓝》中，“一个人的时候，过去与你相伴”一节，有着浓郁的情绪和灵动的美。你平时喜欢诗吗?

潘军：在北京开作品研讨会时，著名文学评论家白烨曾把这本书的许多片断在会上朗诵。著名诗人牛汉先生说，潘军骨子里是位诗人。这些文字的跳跃、轻松和浓郁的氛围，增加了句子的诗意，使阅读有了张力。

记者：现在有的诗人虽然也写小说，却并没有诗意。

潘军：这不在乎你有没有诗人的经历，而在乎你有没有诗的心境，或对创作风格的追求。我的创作，往往就是被一句生动的语言打动的。一个诗意的句子，可以诱惑一个作品的产生。

记者：你能举个例子吗？

潘军：如我写《重瞳》时，写了三个开头都不满意，作品无法写下去了，直到去年夏天，突然找到一句："我讲的，当然是我自己的故事，我叫项羽，这个名字怎么看都像个诗人。"这样的句子点亮了我，我一气呵成将小说写完，写得非常舒服。

记者：《独白与手势·红》年内将通过《作家》这个颇具声望的文学窗口首次与读者见面。至此，这部打上你个人履历烙印的长篇力作，将圆满地画上了句号。请你谈谈《红》的写作情况。

潘军：这部起笔于2000年春天的作品，计达18万字，花去了近半年的时间。究其原因，因为《白》与《蓝》起点较高，舆论评价不俗，因此，《红》作为三部曲的压轴戏则要求更高，需要有一定的时间反馈读者对前两部的消化和意见，需要对小说走势有总体力度上的把握，因此，思考的时间相对较长。

《红》除了延续前两部的磨难历程和忧郁的基调外，更多的是融进了生命的辉煌与毁灭的象征意味，再现中国知识分子的文化心理和精神存在、生存意识。三部小说又各自独立成篇，宏观上有个构架问题，《白》的基调舒缓，《蓝》的基调是明白，《红》的基调是延长、凝重。小说基本上达到了预期的目的，比自己原来想象的要好。就个人而言，对小说的走势与基调都较满意。

让主人公回归自然怀抱，选择这一方式结束全篇，这是一种返璞归真，还是一种逃遁、厌倦，借用媒体一句套话，"当然只能由读者去细心品味了"。

记者：你的小说大多用第一人称的叙述方法，这种方式能使读者更快地融入到作品中去，消解隔阂，增加体验性的快感。除此之外，是否更多的带有你个人的经历。

潘军：我不可能拥有那么多的亲身经历。在我的小说里，我个人的经历所占比重非常小。一个作家，“经验”的方式是很多的，读书是体验，聊天是体验，观察更是体验。我必须强调一下，我这里所讲的体验与斯坦尼斯拉夫斯基所倡导的那种“体验”是根本不同的。我不是那种进入规定情境的角色体验，我是借题发挥式的、妄想式的。

我的写作，从以前到现在，都是“生活在前，写作在后”，我不习惯为了要写什么题材，而特别去过什么生活，或因此选择不同的行业。我觉得这是很生硬的方式，甚至带有预设的立场。

记者：川端康成很少按照既定的宏大构思来创作，当然也少有成竹在胸的总体规划，往往在构思尚未成熟的阶段就开始写作。如果说他的某部作品有一个较为完整的结构的话，那往往也是事后梳理出来的。你曾经说过，在创作一部小说时，也没有完整的构思，这是否相同。

潘军：我写东西，无论长短，大都省略了所谓的“构思阶段”，我很看重的是写作中的状态，就像根据心绪的好坏去喝酒一样。明明白白的构思会影响我叙事的快感，写作是在未知中不断显现的过程，从第一句话开始，在多米诺骨牌的效应中完成一部作品，产生无穷的乐趣。

记者：那么作品的标题也不是先定下的。

潘军：作品的标题有时是在写作过程中出现的，有时是在作品完成后才定下的。

记者：你是一个颇有成就的，但至今还没有加入中国作家协会，这在文坛是很少见的。

潘军：创作是种个体劳动，和组织没有任何关系。

记者：你与外界是如何交流的？

潘军：每年我都挤出时间外出走走，放逐自己的心灵。我喜欢与朋友交流，但不喜欢和组织打交道；我喜爱文学，但不喜爱文学界。

记者：听说你在写作时，还有个癖好，能否透露一下？

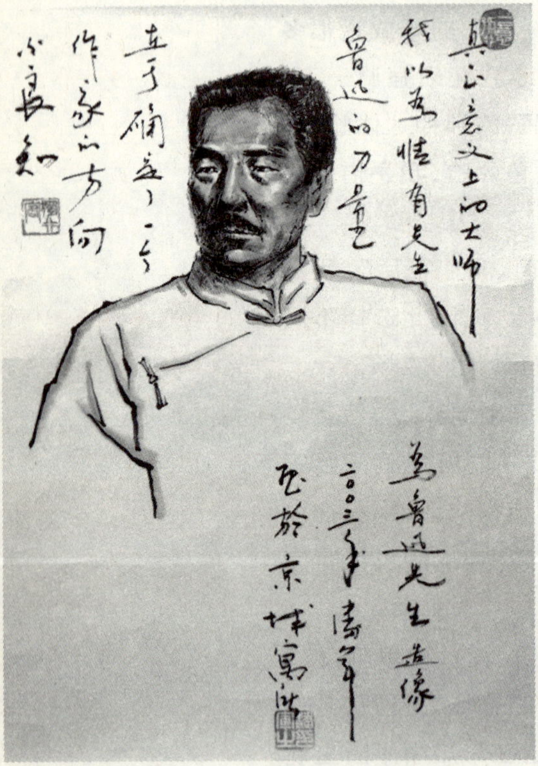

潘军绘画作品·鲁迅

潘军：说是习惯更准确些，如天阴下雨、夜幕灯前很少动笔，而习惯于上午9点到11点、下午3点到5点，我的小说大部分是在这一时间内完成的。另外，在夏天我的状态能够发挥得较好，因为春天我很“懒惰”，夏天就有了紧迫感。

记者：现在文坛有股否定鲁迅的风气，好像批判鲁迅，否定鲁迅很时髦，你怎么看待这个问题？

潘军：如果要提中国的文学大师，那只有一个人，就是鲁迅。他的思辨力量和思想深度已经达到了一个巅峰，是无人能企及的，至少现在还没有人能够超越他。

记者：鲁迅对传统文化的生命力和负面影响看得很深刻。

潘军：鲁迅对汉语言的贡献也是卓越的。胡适提出了白话文革命的口号，但真正实践的还是鲁迅。在那个文白交接的年代，鲁迅写的《狂人日记》、《阿Q正传》等作品，到现在看来都是非常现代、非常超前的东西。

记者：就是说，鲁迅既是一个传统作家，也是一个很现代的作家。

潘军：所以我认为，中国有个鲁迅，中国的作家就给压了三代。我们现在还谈什么定位啊。现在有些人以找鲁迅的茬为时髦，这是一种病态的心理，是想标新立异，目的无非是想引起关注。王朔等人作为读者，对鲁迅和他的作品进行指指点点是无可厚非的，但是，有的媒体大肆炒作很不正常。鲁迅也有他的局限性，有他的不足，比如他对人很苛刻，但是不能把他极其个性的东西看做是他人格的缺陷，对待鲁迅，我们应该把他看做是精神领袖，而不是精神楷模，更不能把他看做完人。

记者：你对鲁迅的评价很高，好像有鲁迅情结。

潘军：《鲁迅全集》我仔细读了三遍，包括他的全部日记。

记者：余秋雨教授一直是文坛的一个热点人物，他的一举一动都受到异乎寻常的关注，对此你有什么想法?

潘军：一个学者的使命应该是安心做学问，远离媒体，他没有做到。《文化苦旅》作为一本游记，还没有脱离游记散文的"两情主义"：矫情和煽情。

记者：有《文化苦旅》应该是游记散文写作的一座里程碑，你怎么看?

潘军：现在有些人提出什么"文化散文"、"大散文"、"新散文"，难道鲁迅的散文就是小散文，周作人的就是旧散文，林语堂的散文就不文化了?这些都是十分荒谬的。我认为散文是一种很严格的文体，它不像小说是才情和智慧的表达；散文要求很高的阅历和学识，不是任何人都能写的，能写好的更是寥寥无几。好的小说是一杯茶水，作者是茶叶，读者是水，二者共同完成的，所以小说是越说不清楚越好，但不能故弄玄虚；而散文却要求说得很清楚，可惜现在很多作家写的散文就是说不清楚，甚至是无病呻吟。当然，余杰跳出文化圈子，跑到政治领域"讨伐"余秋雨，我认为，这是专业精神的失落。对于一个文人，我们应该把他做文和做人分开对待。余秋雨的《文化苦旅》几乎成为市民阶层的一支口红了——把一个作家捧得这么高，弄得家喻户晓了，是不正常的，然后又把他踩得这么惨，更是不正常的。与其说这是余秋雨的悲哀，不如说这是时代的悲哀，中国文化的悲哀。

记者：余秋雨应该超脱一些，写作需要好的心境。

潘军：最近又听说余秋雨要"封笔"，到底会不会"封"先不慌下结论。

记者：文坛的另一位热点人物是贾平凹，他刚出的新作《怀念狼》，你看了没有？

潘军：我一直认为贾平凹不能称为一个小说家，因为他不懂叙事，他没有叙事的意识。他只能搞一点故事层面上的东西。他是心有余而力不足，常常是想到的东西却表达不出来，或者表达不好。

记者：就是秦巴子说的"肾亏"。

潘军：有一点我很奇怪的是，贾平凹长篇、中篇、短篇都是这么一味地写下去，简直不可思议。小说的长短和叙事密切相关，小说的发展空间就是叙事的发展，而不是由字数来决定的。我认为贾平凹的散文比他的小说写得好。

记者：他的散文写得朴素而有张力。

潘军：《怀念狼》前面写得很大气，以为他已经开始改变了，但是看到后来发现还是不行，看来他是变不过来了。贾平凹与其他作家一样，没有什么不同的地方，他也没有对小说的发展起到特殊的作用。

记者：前一段时间，另类作家卫慧、棉棉的作品很火，你对她们的作品有什么看法？

潘军：从某种意义上说，她们的作品都是一种抄袭，抄袭的是时尚，而时尚是一种资源共享的东西，不存在谁抄谁的。从艺术的角度来看，棉棉的作品比卫慧的成熟，但是她们对城市的理解是一样的，她们表达的都是纯理念的东西，自我的东西，但是由于对时尚过于痴迷，所以没有进入到一定的理性高度。另外，她们写的是小说，不是回忆录，小说是虚构的东西，而不是纪实。

记者：现在很多作家都希望自己的作品被张艺谋看中，认为被张艺谋一改编成电影就可以一举成名，你有没有这种想法？

潘军：首先我想说的是，一流的小说是不能拍成电影的，小说就是小说。

记者：加西亚·马尔克斯就是不让别人将他的《百年孤独》拍

成电影。

潘军：导演拍电影需要的只是一个故事梗概，一个情节，而不是作家的整个作品。另外，我觉得一个导演可以捧红一个演员，但未必能捧红一个作家。苏童红了，是因为他的作品本身好，而不是因为有导演捧，更不是与名导演合作一次就意味着作品能够提高。他成名时还没有张艺谋呢。

记者：张艺谋是一个很有文学眼光的导演，被他看中的小说都是很优秀的作品。

潘军：我承认张艺谋有独特的眼光，这是高于其他导演之处，但是他也有自身的局限性，他迷恋小情绪，不能把握宏大的结构，这决定了他搞不成经典的东西。先前的张艺谋是很有生气的，他拍的《红高粱》很大气，张扬生命的意识，呼唤生命的野性，写出了生命的辉煌与毁灭。但是后来这些东西丧失了，他就开始走下坡路，特别是他到了北京之后，拍的东西大如前了。比如《有话好好说》，就没什么意思；再比如他拍余华写的《活着》，就背离了作家的本意。作家、艺术家有自己生活的土壤，离开它就搞不出好东西。

记者：威廉·福克纳一辈子就呆在他家乡的那个小镇上，一辈子就写他家乡的小镇，却成了对世界文学影响最大的作家之一。

潘军：北京的文化氛围不易培养经典作家。北京的风气是可以很快捧红一个人，把一个人炒得发紫，但缺少深刻的底蕴。上海的文化氛围也改变了上海作家，将他们同化了，把他们变得小里小气，只有王安忆好一点，而她的主要作品也不是在上海写的。

记者：王安忆的主要作品都是写她下放安徽宿州农村生活的。你有没有打算离开安徽？

潘军：我之所以留在合肥，是因为我比较关注皖西南那一块地方，我的主要作品也都是写那里的——那是我的家乡。

记者：现在的一些知名作家似乎都在模仿外国文学作品，我看过的8部长篇小说的开头都酷似《百年孤独》的开头，你觉得这种现象是否正常?

潘军:"模仿"这种现象其实在每个作家身上或多或少都存在,《百年孤独》这部小说本身也有卡夫卡小说的影子。"模仿"是每个作家必经的阶段也是初级阶段,但一个真正的作家要走过这个阶段追求自己的东西,才是创作。有些作家就是停留在原地,甚至将模仿变成了抄袭,这是一个作家创作态度问题了。

记者:你是一个先锋作家,也是一个离文学本体比较近的作家,你是否会永远坚持走自己选择的道路?

潘军:先锋作家是相对于80年代中末期的传统作家而言的。先锋作家与传统作家的区别在于写什么怎么写的问题上。传统作家的小说多写故事层面的东西,他们喜欢图解政治,把某一个政治概念当做自己的创作主题,好像是文件和宣传品。而先锋作家则比较关注人的内心世界,关注人的生存状态和生命形态。怎么写标志着小说界的革命。我从没有放弃对小说形式的追求,对小说境界的追求,以后也不会放弃。和同辈作家不一样的是,我更加关注写什么,这跟存在主义哲学对我的影响有关。

另外,我会保持我的一种沉默,不理会外界的干扰。我认为先锋作家应该是指作家的精神、品格,而不仅是形式、方法上的东西。

记者:谢谢您接受我们的采访!

潘军绘画作品·周庄

恐惧的对面就是爱

——答《中国书报刊博览》记者问※

潘　军

问：您在描绘自己的生活状态时曾说过，您基本上是一个“住标准间的男人”，现在还是这样吗？

答：我说过这样的话。1992 年春天我去海口，从此开始了一种“自我放逐”的生涯。之后我又去了中原的郑州，然后又来北京，在这漫长的日子里，我浪迹四方，所以说是“住标准间的男人”。

问：作为一个先锋派作家，当年您以《南方的情绪》、《流动的沙滩》、《风》等新潮作品在文坛很风光的时候却选择撂了挑子，选择了自我放逐。您经过商，怎么后来又拿起了笔？

答：我从来不觉得自己有过什么“风光”，1992 年去南方，基于两个目的：一是换一种活法——当时我在安徽的境遇很差，到了省文联，却没有一个具体的部门要我。我被临时“挂”在办公

※这是 2003 年 11 月间，接受《中国书报刊博览》记者张巨睿的访谈记录。

室，感到非常沉闷，所以要离开；二是想挣钱，因为我意识到像我这样按照自己的意志进行写作，其实是很奢侈的。那么首先得想办法把自己养起来，至少不要沦落到卖文为生吧。这样折腾到1996年，我以一部中篇《结束的地方》结束了我为期五年的经商生活，实行了“软着陆”，顺利回到了案头。

《风》河南人民出版社 1993 年版

问：您的作品都体现出一种对生存的恐惧，为什么？您在生活中有这方面的经历吗？当生存危机来临时，您会以一种怎样的心态面对？如果您曾经有过这种危机的话，您是怎么过来的呢？

答：我想每个人的生存境遇中都有恐惧感。恐惧不一定是某个具体的事实，而更多的是一种气氛，属于人的心理范畴，某种意义上是人与社会构成的那种紧张关系的特殊反映。这与生存危机是两回事，当然，所谓的生存危机也是每个人都会遇到的，但这个我不觉得可怕，而采取的做法也是以不变应万变，该干什么干什么。

问：批评家施战军在《标准间内外》一文中说您“爱文学，不爱文学界”，所以您不加入中国作协这样的组织。那么您对当今中国文学界是怎么看的呢？

答：不了解，自然也就谈不上什么看法。写作是纯粹个人的事，与任何组织、机构无关，这是我一贯的立场。因此我不会加入这样的组织，倒是喜欢一种沙龙的感觉，志趣相投的人有空可以一起畅所欲言。

问：您曾说：“一个作家只有切实感到路越走越窄时，心理才踏实，才算没有摸错方向。”那如果真有了这种感觉，也就意味着面临着一种危机,您会怎么办呢?

答:对于一个小说家,我觉得最值得关心的是:你能否写得更好?小说作为语言的艺术,讲究的是叙述的方式,这种对叙事空间的探索其实是很艰苦的,自然不会那么轻松了。但小说就是这样发展下来的。我不认为这种感觉是一种危机,倒是分享了一份艰难。如果有一天我感觉"江郎才尽",那我就不写了。我不会像有些作家那样去"耗小说"。

问:您在北广演讲时曾说:"文学能影响到你的观念,最终会改变你的生活方式和思维方式。"从事创作这么多年来,您的生活方式和思维方式有哪些改变呢?

答:这不是几句话就能够说清楚的。一个人立足于世,自然有不同的价值观念和取向。我选择写作,是因为这个职业很适合我,写作使我与这个世界发生了联系,也成为我个人的存在方式。我以文学的眼光观察世界,以写作的方式表达对世界的看法,很快乐。

问:您曾撰文评论贾平凹说他的素质不能成为小说家,那您心中小说家的标准是什么呢?

答:我心目中优秀的小说家,是坚持自己的文化立场,按照自己的判断,在叙事上勇于探索,并且显示着人类良知和人文关怀的那种人。

问:随着时代的变化,一个作家的写作立场和原则也不可避免地要发生一些变化,创作这么多年来,您的创作心态变了吗?

答:时代某种意义上对写作会有制约,但对于一个好的作家,其肝胆素质是不会改变的。一个作家的调整,如果发自文学的内在需要,而非迎合主流意识形态或者商业形势,是很正常的。我写作二十余年,心态没有变——我依然是在认真努力地去接近我专业上的目标。

问:您的创作是否和您的经历有很大关系?

答:一个作家的记忆与经历,决定了他的创作方向。正是在这个意义上，博尔赫斯才说“一切文学都带有自传性质”。但并非是拿着经历当素材的，至少对我不完全是这样。

问：写作对您来说意味着什么？生命？全部？调味剂？还是什么？

答：是使命，更是日常生活。

问：您从小的梦想是做什么？当作家吗？那时您对作家的理解是什么？

答：我从小的理想是当一个画家。后来上了大学中文系，才开始写作。我对创造性的劳动有兴趣，包括做饭，但天天做不行。

潘军绘画作品·雨巷

问：人每个阶段的阅读重点都会不同，您呢？能否谈谈您从小到现在的阅读？

答：我一直喜欢读杂书。以前读过一些文学名著，主要是西方的，我以自己的眼光选择喜爱的作家。进入四十岁之后，我的阅读偏重于历史典籍。

问：有没有一本或几本能影响您人生、生活的书？是什么？怎样影响的？

答：如果有，那就是《鲁迅全集》，我读了几遍。

问：当前的小说家有一个困境，那就是如何在故事泛滥的时代里讲故事，您认为呢？

答：我不清楚现在是否是“故事泛滥的时代”，但我知道小说和故事是两码事。小说是一种叙事文本，它更多的是突破故事的层面去探求形而上的意味。这里就永远存在着一个叙事发展的问题。小说家真正的困境，可能是不知道“怎么说”。

问：能说说您的创作近况吗？

答：“非典”期间，我在北京就地卧倒，作了一批画。最近广西师大出版社出版了一套三卷本的“潘军作品”(《海口日记》、《合同婚姻》和《山水美人》)，其中的《山水美人》是一本散文随笔集，就插上了这些画。另外，我刚刚写完一部长篇小说《死刑报告》，将发表在《花城》杂志今年的第六期上，单行本将由人民文学出版社出版。这是一部对中国的死刑制度进行拷问的小说，我想应该很好看的。

答《中国文艺家》杂志问※

记者：潘军先生，众所周知，你最早是以先锋派的姿态步入文坛的，学术界一直把你视作这一流派的代表作家之一。你早期的作品，比如《南方的情绪》、《流动的沙滩》等，虽稍显晦涩，但对小说的结构和叙事技巧作了大量的探索。1996年你结束了为期五年的南方之行后，写作风格日趋圆熟，作品也变得好看、好读且耐人寻味。这个调整对你意味着什么？

潘军：一个作家的调整，应该是发自写作内在的需要，这是个前提，而不是某种妥协的结果。所谓文学上的"先锋派"，某种意义上是批评家们对一种文学现象的归纳。八十年代中期，当代文学确实出现了一批新鲜的小说，还有诗歌。这些作家以对传统文学反叛的姿态出现在中国文坛上，立足于形式的探索，他们的

※这是2003年11月接受《中国文艺家》杂志记者包斌、韩媛媛的采访。

作品也集中发表在《收获》、《花城》、《钟山》、《作家》这样的杂志上,也似乎有一种“派”的感觉。从文学实绩看,他们的作品是对后来的作家产生深远影响的,也是对当代文学做出了贡献的。作为“先锋文学”的亲历者,我缅怀那段美好的时光。但是,到了九十年代之后,“先锋文学”的阵营开始发生了变化,一些作家都不同程度地进行了调整。我曾经说过,一个作家刻意把小说写得晦涩,那是一种病态;主动去迎合什么,那是媚俗;而努力把小说写得好看,应该视为一种追求。

记者:那么,是不是从这个时候起,你的小说开始引起一些影视制作机构和影视导演的关注的?

潘军:或许是这样吧。我不是一个在民间拥有知名度的作家。可以说在1996年之前,没有多少读者知道中国有一个叫潘军的作家。等这以后,我的一批中短篇小说,如《海口日记》、《对门·对面》、《关系》、《重瞳》、《秋声赋》、《和陌生人喝酒》等,相继被《新华文摘》、《小说月报》、《小说选刊》这样的刊物转载,喜欢我的读者才逐渐多了起来。去年我编《潘军文集》,粗略看了看,仅《小说月报》这几年就转载了我二十来篇小说,这个量很大。也就在这个时期,正如你们所言,一些影视机构和导演开始与我联系了,要买版权什么的。但我和别的作家不同,我本人是可以自己来做编剧并且自己当导演的。1997年,我自编自导了一部二十六集的电视剧《大陆人》。

记者:当时是什么动机驱使你作出这样选择的?

潘军:有两个原因吧。第一,我需要通过这种方式去挣钱,给自己的写作一个支持。我是一个职业作家,这个定位和国家体制内的专业作家有所不同。我认定的那种职业作家,是按照自己的意愿去写作的,是自我表达的实现,丝毫不受指令支配。在今天,这样的写作其实是很奢侈的,因为它的艰难劳动与得到的回报往往不成比例。因此你就首先必须把自己养起来,养得从容一点。第二,我有一个导演梦。我对影视,特别是电影的兴趣早于小说。

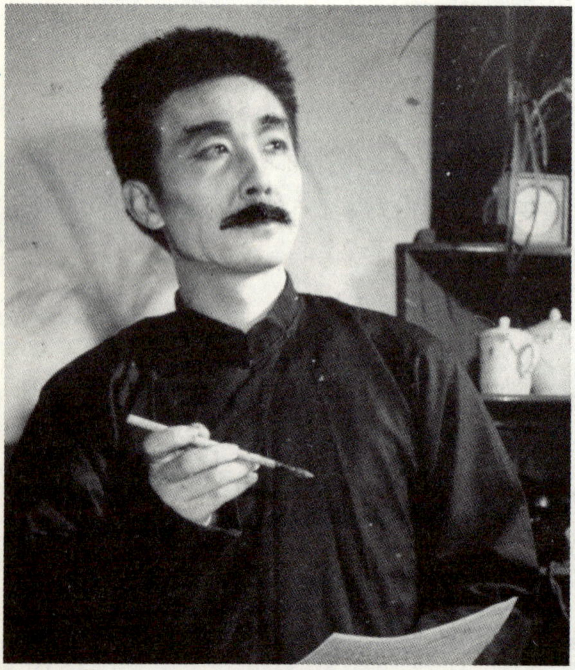

在《前哨》中饰演鲁迅·1981 安大

上大学之后，我从图书馆借的第一本书就是前苏联导演库里肖夫的《电影导演基础》，比砖头还厚。我几乎是连文带图地把它抄了一遍。那个时候，我就渴望将来去做一名电影导演，我觉得这个职业可以最大限度地展现我的才华。我生长在一个梨园世家，从小就在“戏园子”里看戏。我喜欢像石挥、蓝马这样不着表演痕迹的演员。上大学之前，我是学画的，对构图、造型、色彩都很敏感。所以到了1981年，我大学三年级的时候，我自编自导自演了一个独幕话剧《前哨》。这个戏是为了纪念鲁迅先生诞辰一百周年的，我演鲁迅，后来获得了全国大学生文艺汇演一等奖。那年我二十三岁。后来我的毕业论文也是关于电影导演艺术的，系里当时没有老师可以指导，但都觉得还不错。

记者：《大陆人》作为你影视作品的处女作，你觉得是否已经达到了自己预期的目标？

潘军：远远没有！这个戏当时是在郑州筹备的，由我一个人开始，逐渐搭成了一个剧组。主要的拍摄地是在海口，由于条件的限制，前期勉强对付过去了。但问题出在后期。等拍完了，我才知道投资方与你的立场完全不同，他们只希望以尽可能小的投入，得到最大的回报，根本不想多一份投入就会提高一份质量。一部二十六集的戏，投资规模还不足三百万人民币，前期不到两个半月就封镜了，对创作一方是多么的艰难！等到后期，问题突然来了，原先谈好的条件被无端否了，劳务标准也大打折扣。你的一些合理要求得不到满足，你对所谓艺术上的追求得不到任何同情，这样的合作真是很痛苦，也很无趣，所以我没有介入后期，从此就离开了郑州。导演不参与后期，那么片子的品质就可想而知了。

记者：经过了这次不愉快的合作，你是否放弃了当导演的想法？还是希望接着再尝试？

潘军：1998年，我在北京拍摄了一部叫做《对话》的“电视电影”。也是自编自导。当时投资人对我说要拍一个都市系列，要拍十部，口气很大。结果第一部拍完了，觉得没什么钱可赚，也就草草收场了。《对话》是一个伤感而温馨的故事，一个来北京看儿子的乡镇老人，在儿子家里却怎么也与儿子、媳妇处不好，自己也觉得难受，却意外地和邻居的一个哑巴孩子沟通了——所以叫《对话》，两个不具备对话条件的人却可以“对话”，而能对话的人却怎么也说不到一块去。这部片子，“电影频道”播了好几回，但影响不大，反映平平。从导演的角度看，存在一些问题，而最大的问题还是老问题，资金不足，以至于不得不偷工减料，很多东西实现不了。但《对话》里那台演员，我是喜欢的。李丁饰演的父亲，杨立新饰演的儿子，张岩饰演的儿媳妇，吴刚饰演的哑巴孩子父亲，刘梦梦饰演的孩子继母，都很好。特别是饰演哑巴孩子的陈海滨小朋友，是我专门到北京聋人学校挑的。当时制片方说找一个正常的孩子来演，我说不行，哑巴孩子身上那种特有的表现，正常的孩子是演不出来的。我坚持挑了这个残疾孩子，还专门请了一位手语老师。

记者：现在很多影视作品都是根据小说改编的，你也是颇受关注的作家。你认为影视机构和导演看中了你小说中的哪些元素？

潘军：当然是故事啊！他们无非就是从你的小说里找到一个好故事嘛，无非就是看中了小说里的人物关系和情节冲突。但是，我一直认为，一流的小说是不可以被改编的。即使强行改编，那也是另外的一个东西了。

记者：为什么可以这样说？

潘军：一个纯粹的小说家从来就不会因为自己的作品被改

编而感到骄傲，这与民间的判断完全不一样。经常听见人说，某某作家的小说被搬上了银幕，搬上了荧屏，似乎很了不起。其实不是这么回事。作为小说家会觉得，小说被改编了，从某种意义上讲，就说明小说本身不够纯粹。一流的小说之所以不能被改编，是因为它的内部有一种不可动摇的因素凝结在一起，成为一个不可分割的整体。一流的小说在于思想和叙事。被改编，说明这个作品本身还存在着可能移植的空间。即使一些名著被改编了，那就是另外的东西。比如说，米兰·昆德拉的《生命中不能承受之轻》，改编成电影《布拉格之恋》，就完全是两个东西。小说中所表达的那些形而上的意味，那种夹叙夹议的叙事风格，电影都无法表现。尽管那部电影拍得也还不差。

记者：你当初写作这些小说时有没有考虑过日后会被改编为影视作品？

潘军：我可以负责地告诉你们，没有。虽然我有一些小说后来被改编了。我习惯的做法是，直接写剧本。小说和影视是两种不同的东西，前者讲究的是叙事，后者关心的是故事。但你们说的这个现象，我也注意到了。确实有这样的小说家，动笔之前就产生了将来被希望改编的心理定势，甚至还有先写剧本，再把这个剧本还原成小说——这能算小说吗？

记者：作为文学的小说，你认为在影视作品里应该起到什么作用？

潘军：最重要的作用是成为剧作的基础。张艺谋最初的几部电影，都是从小说改编过来的。某种意义上，应该是几位优秀的小说家成就了导演张艺谋。可是一旦扔掉小说这根拐杖，他行走的步伐便不尽如人意了。这次的《英雄》就是如此。虽然他本人也加入到了编剧班子，但要表达什么，自己没有底，手下自然就会离谱。难道“胸怀天下”就是英雄？按照他演绎的这个逻辑，希特勒是不是也该算英雄了？因为他也一样“胸怀天下”啊，哪个独裁者不“胸怀天下”呢？至于形式上的东西，不足为奇吧，无非就是钱堆出来的嘛。一部电影的文学深度应该最高目标。我们今天无论是谈论英格玛·伯格曼还是克日耶斯洛夫斯基，都是在谈他们的电影里文学精神，那种宗那种人类的终极关怀。一部电影，它的局向大小，取决于文深度，这是不可置疑的。

记者：你第一部被改编成影视剧的是哪篇小说？

潘军：《海口日记》。这是一部中篇小说，始发刊物是《收获》。当初剧本也是我自己改编的，结果拍出来之后才知道导演自作多情地做了一些手脚，让我沮丧不已。

记者：《海口日记》在读者中是影响很大的。

潘军：应该是吧，我记得当时就收到了不少读者来信。去年，一位德国的同行打算把它翻译成德文，他正在考虑编一套世界作家与海有关的书。他让我用一句话把《海口日记》的主要意思说出来，我就说，有一个作家为了摆脱麻烦，隐姓埋名地去了一个岛上，结果却遇见了更大的麻烦。他高兴地大笑，说这个意思很妙。但是后来电视剧的气味就变了，先是剧名也不叫《海口日记》了，而叫《生死有情》——活脱脱的港台味。其次是经导演这么一改，原来的那个妓女虽然也还坐台，但既能演唱还能作曲——这样的女人还可以做妓女吗？如果有，唯一的理由就是她太想做妓女了。诸如此类的例子还很多，但我没看出什么高明来。我并不反对导演修改剧本，根据现场需要对剧本进行一些合理的调整很正常，而这样的修改，我很不明白。所以后来我也学了一招，不就是电视剧吗？你随便弄吧，大不了将来我不署名好了。好在《海口日记》的电影版权还在我自己手上，也许将来我自己来重新拍一部。

记者：除了自己的小说被改编，你这两年还直接写过电视剧吗？

潘军：有一部二十集的《好好活着》，去年已经拍完了，至今也没播。从制片人送我的一套带子看，明显两点不足。一是导演水平不够，无论是大的结构、节奏，还是细节刻画，都是问题；甚至连一场戏的“戏眼”在哪里都弄不明白。怎么可以找这样的人……，制作上太经济、粗糙，一部二十集的戏，居然去做导演令人无法想象。如此的偷工减料自然就大伤作品没有下……但对女主角吕中的表演我还是满意的，她是北京人艺的感……演员，具有表演功力，这次在《走向共和》中饰演的慈禧的一……也很不错。

记 者：前段时间，媒体上在大肆宣传说，一家公司在拍你的《对门·对面》。现在这部电视剧播出了，又没有见到字幕上你的名字，这是怎么回事？

潘 军：这是一个毫无幽默感的笑话。《对门·对面》是我在1997年写的一部中篇小说，始发刊物是《花城》。这部小说是我“都市系列”中的代表作之一，写的是城市人之间那种距离感，那种困境，那种焦虑，先后有不少公司跟我谈过影视的改编。2000年，我给了现在这家公司，当时因为我在写作长篇《独白与手势》，所以没有担任编剧。于是他们另找了两个编剧，最初还是打算按照小说的结构改编。我还专门为改编到北京同他们谈了自己的想法，讨论了剧本提纲。后来的事情我就不知道了。前些日子我接到一位朋友的电话，说你的《对门·对面》已经面目全非了，整个一个韩剧《冬日恋歌》的克隆。你赶紧告他们吧。我这才打开电视机看了一个片头，果然没有“根据潘军小说改编”或者“原著潘军”的字样。我很惊讶，怎么今天还有这样明目张胆践踏法律的侵权行为啊！具有法律效力的合同难道成了一纸空文？居然干出这种偷梁换柱的小人勾当！既然你克隆韩剧，那么你为什么一直

《海狼行动》工作照

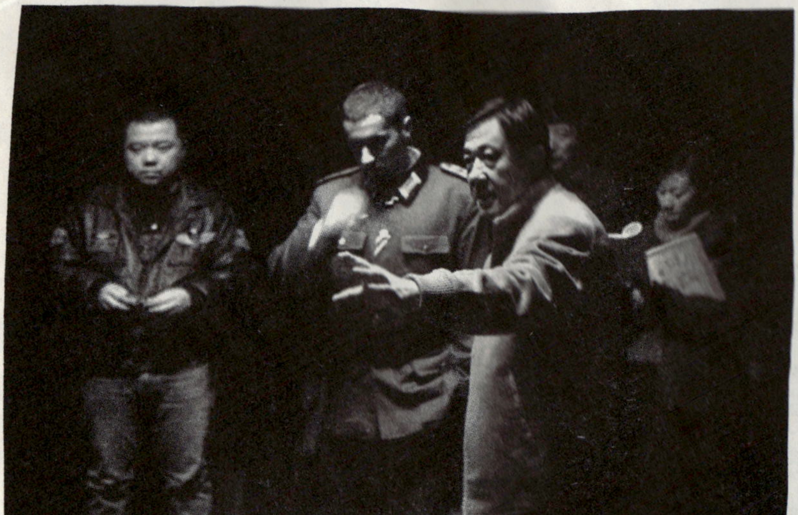

钱堆出来的嘛。一部电影的文学深度应该是作品的最高目标。我们今天无论是谈论英格玛·伯格曼还是克日什多夫·基耶斯洛夫斯基，都是在谈他们的电影里文学精神，那种宗教情怀，那种人类的终极关怀。一部电影，它的局向大小，取决于文学上的深度，这是不可置疑的。

记者：你第一部被改编成影视剧的是哪篇小说？

潘军：《海口日记》。这是一部中篇小说，始发刊物是《收获》。当初剧本也是我自己改编的，结果拍出来之后才知道导演自作多情地做了一些手脚，让我沮丧不已。

记者：《海口日记》在读者中是影响很大的。

潘军：应该是吧，我记得当时就收到了不少读者来信。去年，一位德国的同行打算把它翻译成德文，他正在考虑编一套世界作家与海有关的书。他让我用一句话把《海口日记》的主要意思说出来，我就说，有一个作家为了摆脱麻烦，隐姓埋名地去了一个岛上，结果却遇见了更大的麻烦。他高兴地大笑，说这个意思很妙。但是后来电视剧的气味就变了，先是剧名也不叫《海口日记》了，而叫《生死有情》——活脱脱的港台味。其次是经导演这么一改，原来的那个妓女虽然也还坐台，但既能演唱还能作曲——这样的女人还可以做妓女吗？如果有，唯一的理由就是她太想做妓女了。诸如此类的例子还很多，但我没看出什么高明来。我并不反对导演修改剧本，根据现场需要对剧本进行一些合理的调整很正常，而这样的修改，我很不明白。所以后来我也学了一招，不就是电视剧吗？你随便弄吧，大不了将来我不署名好了。好在《海口日记》的电影版权还在我自己手上，也许将来我自己来重新拍一部。

记者：除了自己的小说被改编，你这两年还直接写过电视剧吗？

潘军：有一部二十集的《好好活着》，去年已经拍完了，至今也没播。从制片人送我的一套带子看，明显两点不足。一是导演水平不够，无论是大的结构、节奏，还是细节刻画，都是问题；甚至连一场戏的“戏眼”在哪里都弄不明白。怎么可以找这样的人去做导演呢？第二，制作上太经济、粗糙，一部二十集的戏，居然没有下一场雨，令人无法想象。如此的偷工减料自然就大伤作品的感染力。但对女主角吕中的表演我还是满意的，她是北京人艺的一位老演员，具有表演功力，这次在《走向共和》中饰演的慈禧太后，也很不错。

记者：前段时间，媒体上在大肆宣传说，一家公司在拍你的《对门·对面》。现在这部电视剧播出了，又没有见到字幕上你的名字，这是怎么回事？

潘军：这是一个毫无幽默感的笑话。《对门·对面》是我在1997年写的一部中篇小说，始发刊物是《花城》。这部小说是我"都市系列"中的代表作之一，写的是城市人之间那种距离感，那种困境，那种焦虑，先后有不少公司跟我谈过影视的改编。2000年，我给了现在这家公司，当时因为我在写作长篇《独白与手势》，所以没有担任编剧。于是他们另找了两个编剧，最初还是打算按照小说的结构改编。我还专门为改编到北京同他们谈了自己的想法，讨论了剧本提纲。后来的事情我就不知道了。前些日子我接到一位朋友的电话，说你的《对门·对面》已经面目全非了，整个一个韩剧《冬日恋歌》的克隆。你赶紧告他们吧。我这才打开电视机看了一个片头，果然没有"根据潘军小说改编"或者"原著潘军"的字样。我很惊讶，怎么今天还有这样明目张胆践踏法律的侵权行为啊！具有法律效力的合同难道成了一纸空文？居然干出这种偷梁换柱的小人勾当！既然你克隆韩剧，那么你为什么一直

《海狼行动》工作照

在报纸上大肆宣传说“根据著名作家潘军小说改编”，这不是欺诈吗？但我并没有去告他们，对于这种人，真的不屑一告。我只在《北京青年报》上说明了一下真相，但保留诉讼的权利。

记者：现在很多人抱怨电视剧越来越没法看了，你觉得这其中的主要原因是哪些？

潘军：原因是多方面的。要解决这个问题，首先是要取得投资方和创作方的互相信赖，实行“钱”与“权”的相对分离。投资方不要过多地去干涉创作方面的事情。你信赖他，就把钱掏给他。在创作上，应该实行“导演中心制”。导演是对这个作品全面负责的人。而现在的情况是，什么都是投资方说了算，包括演员的遴选。那还要导演干什么？第二，要解决没有好剧本、导演没文化的问题。剧本是一剧之本，尤其是在电视剧上，剧本更显得重要。某种意义上，大众看电视剧就看两点，一是看好故事，二是看好演员。中国的编剧队伍很薄弱，需要一些小说家的加盟，才会改变这种不良现状。我们今天所看到的几部好的电视剧，不是根据小说改编的，就是小说家参加了编剧。现在的情况往往是，一方面是有文化的导演没有遇上好剧本，而好的剧本又在没文化的导演手里弄走样了。这是一个致命的错位。

记者：很多作家都有当一回导演的想法，有的作家已经在这方面作出了尝试，你怎么看待这种现象？

潘军：作家当导演不是新鲜事。前苏联的舒克申，法国的罗布·格里叶，都有做电影导演的经历。中国现在也有了几位，这很好啊。有人说，中国的导演跟会计一样多，这句调侃的话暗示着似乎什么人都可以干导演。是的，如果你有几分聪明，在片场混过几回，你就知道导演这活是怎么个玩法了。但是如果你想玩出个名堂来，稀里糊涂地扔掉一条命还不明白是怎么回事。我觉得一个人干任何一件事，只要是创造性的劳动，哪怕是做一个木匠，首先得想想自己是不是那块材料。齐白石四十岁才开始学画，似乎是漫不经心地一挥而就，一不留神成了大师。其实他就是具备了大师材料的那种人。美国导演奥里弗·斯通，从越南战场上回来，一上手就拍出了《天生杀人狂》、《刺杀肯尼迪》、《野战排》这样的大气之作，也说明他天生就是吃这碗饭的。

记者：如果你有机会还能自编自导一部电视剧，你认为你能拍出一部什么样的作品？

潘军：我刚刚完成一部以抗日战争为背景的间谍剧，叫《最危险的时候》。这是一部具有传奇色彩、惊险样式的作品，但又不是随意写出的，而是在真实史料的基础上进行的合理虚构。2005年是世界反法西斯战争及中国人民的抗日战争胜利六十周年的日子，我写这个戏，就是为了纪念这个日子。我相信只要遇见合适的投资方，肯花气力打造，我自己能拍出一部风格独特的好看的电视剧。还是那句话，我有这个能力。但我最想拍的还是电影，比如前面提到的《海口日记》，还有《秋声赋》、《结束的地方》、《桃花流水》等，都能拍。有一次我遇见著名摄影师吕乐，他说自己曾经很想拍摄《海口日记》。我说，《海口日记》一定要拍出那种“毛边感”——用手撕纸的感觉，而不是用刀子裁纸那么整齐。具体到摄影，我主张完全用“手持”。电影在导演这里，如同小说在作家那里，实际上就是完成一个叙事的过程，都是一个“怎么说”的问题。所以电影是导演的艺术。而电视剧则看重的是“说什么”——这个故事好看吗？我想，这是二者最本质的区别。

《五号特工组》剧照

记者：你曾经谈过，电视剧谈不上什么艺术。这话今天看是否有失偏颇？

潘军：我是拿电视剧和电影作比较时这么说的，不能脱离这个具体的语境。我认为电影是门艺术，而电视剧则不能算，或者说它的艺术含量比较低。我这么说，是因为我本人就是这种心态。即使投资人对我很宽容，我也只能拍出一个好看的电视剧，但它还是叫电视剧，它就是这么一个胚胎嘛。电影和电视剧的差异，不在器材上，而是二者的艺术思维不一样，在篇幅上也不一样，在投资规模和技术手段上还是不一样。电影的篇幅就是一百分钟，它要求你在这个有限的时间里讲述一个貌似简单、其实内涵丰富的故事，这就出现如前所说的叙事技巧。而电视剧呢，没有篇幅限制的，于是就可以汪洋恣肆地说话。我在北广演讲时跟同学们说，电影是能不说的尽量不说，电视剧呢，是能说的尽量说——否则怎么可能有三十集、四十集呢？从技术上看，用胶片拍出来的感染力和摄像机拍出的画面差别极大。但最关键的，还是我提到的“怎么说”。电影是讲究叙事的，既然是叙事，就存在着一个表现手法问题。而这一点在电视剧里并不重要，观众关心的是你说了什么，他感不感兴趣。中国现在有一个特别奇怪的现象，就是电视剧拍得越来越讲究，拿它当电影拍，投资的规模在不断追加，演员的片酬在飙升。电影呢，越来越抠门了，据说有的电影投资就一百多万人民币，你能拍出什么？这样的时候，我就特别缅怀过去的电影制作。像上个世纪六十年代的《烈火中永生》，仅是演员，就集中了上影的赵丹、北影的于蓝、项□、张平，长影的庞学勤，八一厂的胡朋、王心刚，还有中戏的蔡松龄，这样一台好演员啊，能不出好作品吗？而现在呢，基本上都是小圈子，能折腾出什么呢？

记者：那么，你心目中的优秀电影是哪些呢？

潘军：我对电影的要求很高。前面提到的几位导演，都是我喜欢的。还有美国的弗朗西斯·科波拉，丹麦的拉兹·冯·特埃尔，意大利的朱佩塞·特纳多雷，西班牙的佩德罗·阿姆多瓦，都是我喜欢的导演。

记者：一部好的电影作品能与一部好的文学作品相提并论吗？

潘军：我觉得文学的力量还是超过电影，尽管电影与现代人的沟通比文学迅捷得多，也轻松得多，但是文学对一个人的陶冶和影响力，肯定是超过电影的。文学更多的是传递思想，语言的独特魅力让你内心震撼，你感觉在被文学征服。我们经常听说“影响世界进程的十本书”，但没有听说过十部电影。

记者：曾经读过你一篇随笔《北京现在的玩意》，看后很过瘾，也让人震撼。

潘军：那篇随笔我实际上就表达了一个意思——北京这么多年来一直在忙于“打造时尚”，却远离了创造经典。这是个让人忧虑的问题，因为北京是咱们国家的首都，是“文化中心”啊，我们

中篇小说《合同婚姻》获第十届百花奖

总不能老去看“贺岁片”和“室内剧”吧？

记者：那么。你所呼吁的“经典”又是指什么呢？是指像交响乐那种高雅的艺术吗？

潘军：我实际上是在强调一种艺术的纯粹性，与艺术种类没有关系。比如相声就是很民间的东西，但它照样会出经典。侯宝

林先生就是，他立足于相声的本性——就是一个说字，卖嘴皮子，但他做到了纯粹，他就是大师。不像现在的某些演员，说不了，就又唱又跳，让人倒了胃口。再比如京剧，立足就是一个唱字，舞台上就两把椅子什么的，很抽象，表演是虚拟性的，没有什么声光、电子、布景，但它照样流传至今。它有纯粹性，它就可能成为经典或者接近经典。

记者：你近两年小说似乎写得少了，去年就看见你一部很有意思的小说《合同婚姻》。这部小说至今还有人在谈论，最近又获得了《小说月报》第十届“百花奖”。你是怎么想到这个题材的？

潘军：我一直觉得人类最大的败笔，就是设计了这样一种婚姻制度。你看，如今世界上的离婚率多高。婚姻制度暗示着从一而终，尽管允许离婚，但这种暗示逐渐成为政府的希望，这是连神也难以做到的呀。如果一个产品有如此之多的返修率或退货，那说明生产这个产品的流水线出了问题。我的思索便是这样展开的。虽然每个人都向往那种“执子之手，与之偕老”的情怀，但在实际生活面临着种种苦恼。人生苦短，人不该被苦恼所围困。

记者：谢谢你接受了我们的采访！

关于《死刑报告》

——答《北京晚报》记者问

记者:《死刑报告》是你创作中一个崭新的领域，就题材而言,与你以前的作品似乎没有任何关系,你是基于怎样的考虑来写这部作品的?

潘军:2001 年完成《独白与手势》最后一部《红》之后,我原想静下心来看点书,顺便写点中、短篇或者随笔。这是我个人的一种习惯。但是,这两年因为我母亲身患癌症,我大部分的时间都在为她的治疗奔波。

至于对死刑问题的思考,最早源自基耶斯洛夫斯基那部《关于杀人的短片》,也就是《十诫》中的《杀诫》。基氏是我喜欢的电影导演,他的这部作品,提出了一个尖锐的问题:代表国家的杀人是否意味着正义?或者说,国家以杀人的方式制止杀人是否很荒谬?这是 1997 年的事了。这之后,我开始留心这个问题,读了一些中外关于刑罚、死刑方面的书,有了一点知识上的积累。我觉得死刑问题在文学上首先是一个人类的终极关怀问题，这与我的追求是一贯的。当今世界，已经有一半的国家废除了死刑或者事实上不执行死刑，而中国的死刑却占了世界的四分之三，这个差距太大了！因此，我觉得应该有一部关于死刑的小说出来，谈谈这方面的事，这也是一个作家良知的体现。所以说，这是我的一个心愿。

《死刑报告》人民文学出版社 2004 年版

记者：据说《死刑报告》的构思与写作都很不顺利，是这样吗？

潘军：这部小说的写作，开始于 2002 年的 10 月，结果很不顺利，最初写的七万字都报废了。我写小说，必须首先找到一个合适的叙事方式，而不是像有的作家那样，先构思好一个故事。从小说文本的角度看，这个方式，既是小说的载体，同时也是被载的一部分。我需要首先确定它。第二个困难，我面对的毕竟是一个很陌生的领域。某种意义上，我这回是以文学的方式在说一个法学的话题。如果我记得不错，当代中国如此近距离地来探讨死刑的小说，《死刑报告》是第一部。这大概不会错的。直到今年 3 月 17 日，广州发生了“孙志刚事件”，使我受到了很大的震动，也使《死刑报告》的写作加快了步伐。不久，北京成了“非典”的中心，也就在这个“戴口罩的春天”里，我完成了小说的初稿，然后在夏天里把它修改完成了。很显然，我自然不想去写一部破案加爱情的小说，而是想借几宗死刑案件解析死刑问题，希望能以这种方式引起社会对死刑问题的关注。

记者：《死刑报告》中还用较大的篇幅写了美国曾经轰动一时的“辛普森案件”，为什么要这样处理呢？

潘军：有两方面的原因。其一，是想通过这个案件的叙述，构成小说内容上的一个对比——主要是中西方刑罚观念和司法体制上的对比。我觉得这一笔很重要。“辛普森案件”被称作一场

“世纪审判”，吸引了全球的关注，就在于这个案件的特殊性，它处于一个两极的状态，折射出了司法的理性光辉。其二，是想从文本上显示出更深的一种意味。小说叙事上有了这样一个层面，至少丰富了文本自身。看似不相干的东西却能构成一个“场”。但在构思阶段，我一直很犹豫，到底写还是不写？最后我还是决定保留。

记者：这部书中“吴长春案件”，让人联想起辽宁营口李化伟的那宗冤案，你是故意这么做的吗？

潘军：是的。既然这部小说触动的是个社会话题，那么我就会注重它的现实性。但我写的又是小说，不是报告文学。小说是一个虚构的文本。因此，我有意选择了个别现实中真实发生过的案件，除了“李化伟案件”，还有“枪下留人”的事情，在陕西那起“董伟案件”中也确实发生过此类情形的。我想让大家有一种不陌生的感觉，我要唤起大家的一些记忆，让大家觉得虚构只是作家的技巧，但内容是活生生的，似曾相识，仿佛就在我们身边。我希望大家有“身临其境”的感受——这是最强烈的感受。

记者：在作品里，我们能看到您对人性的尊重和对生命的敬畏，有这样一句话：“死刑的本质，不是要让罪犯受辱，更不是对罪犯实施肉体上的折磨，而是要引起罪犯内心的忏悔，使之回归社会，重新做人。”让一个犯过死罪的人“回归社会，重新做人”会不会是对受害者人性及生命的不尊重不敬畏呢？

潘军：死刑的问题，表现在文学作品里，首先是一个人类的终极关怀问题。我不主张“以血还血”式的等害报应观念，这是同态复仇的劣迹。一个文明的社会应该充满爱，而不是仇恨。我们的法律通常爱说，不杀不足以平民愤。那么，是否就意味着为了平息民愤而去杀人呢？司法的正义，不是体现在大众情绪上，而应该体现在司法程序上。譬如最近发生了“刘涌案再审”，意义不在于大众怎么看，而在于我们的司法程序是否公正。

记者：既然《死刑报告》提出了关注死刑，甚至有呼吁“废除死刑”的倾向，那么，你果真认为今天的中国可以废除死刑吗？

潘军：死刑的存废，是国际上一直争论不休的问题。这里，我需要引用法学家陈兴良教授的观点——从应然性上看，人类终将废除死刑，中国也不例外；从实然性上看，目前中国还需要死刑的存在，但更需要严格限制。作为一个作家，我只希望这部《死刑报告》引起大家对死刑问题的关注。

记者：在这部作品中，有三个主要的人物：柳青、陈晖和李志扬，他们分别为女警官、法制记者和律师，而且都具有正义感、不畏强权的特点，应该说是十分完美的。那您对现实生活中这三类人有什么样的看法呢？他们的身上是否寄予着您的某种理想呢？

潘军：我塑造的这三个人物，都是小人物。我本人同样也是小人物，自然在他们身上寄托着我的某种理想。这个理想很朴素，就是爱和良知。

记者：您现在的这部作品和以前的《重瞳》、《独白与手势》等已经发生了极大的变化，很多读者认为您以前的作品虽然个人化一些，但是极具魅力；《死刑报告》则加入了更多适于阅读的要素，像我们前面提到的一些案件等就是很吸引读者的。这种变化是否预示着您今后创作也会发生大的转变呢？

潘军：是一次全新的尝试。对我而言，这次是面临着“怎么写”和“写什么”的双重挑战。小说在《花城》发表后，也有一些圈子里的朋友对我说，这部小说在文本上似乎没有什么进步。我承认这一点。我

潘军绘画作品·戏曲人物

写过一些在文本上有探索的小说，也一直被认为是一个“先锋作家”。有一次，我接到一个广东读者的电话——他不知怎么找到我的手机号码的，他直率地告诉我，他和他的一些朋友，非常喜欢我过去的一些作品，譬如《流动的沙滩》、《三月一日》等，但不喜欢我的《合同婚姻》，认为我是一个很纯粹的作家，不应该写这样的东西。我很感谢这位陌生的朋友，但我告诉他，一个作家——当然不是每一个，对每一部小说要求它所承载的使命是不一样的。譬如《重瞳》，是想在司马迁的《史记》中寻找出一种新的解读方式，这是《重瞳》的主要使命。那么《合同婚姻》的主要使命，是表达我对婚姻制度的怀疑。现在的《死刑报告》的使命，是想引起大家对刑罚观念和司法体制的思考。人民文学出版社副社长、批评家潘凯雄负责了《死刑报告》的终审，他认为这部小说在我个人的创作中是一个突破，显示了一定的思想深度，大概是因为我过去的作品太“个人化”了。

记者：有人说，《死刑报告》除了成为当代中国第一部关注死刑的小说外，还改变了过去那种“破案加爱情”或者“案件加黑社会”的警界小说模式，你觉得呢？

潘军：我从来没有留意过所谓的“警界小说”，对这一点无从谈起。我知道小说的形态是多样的。金庸和琼瑶，不一样叫小说吗？但是，这不是我认定的那种小说。我所认定的小说，是一种依靠语言造型的艺术，是讲究叙事、追求一种诗性与哲理的文本，而不是精心炮制一个故事。这与大众的阅读立场完全不同。《死刑报告》因为题材的缘故，某种意义上对文本上的追求受到一些约束，但我还是尽量按照自己的方式去做了。

记者：《死刑报告》是一部反映现实的小说，或者说是一部“问题小说”，因此会有很多读者关注它。你是否事先有一种想写一部畅销书的考虑？你觉得你的书会畅销吗？

潘军：有批评家说过，1996 年之后，我的小说创作也出现了“转型”，由沙龙走向了民间。不错，与早期的《南方的情绪》、《流动的沙滩》、《风》这类作品相比，后来的《海口日记》、《对门·对面》、《合同婚姻》以及《独白与手势》，确实要好看一些。这种所谓的“转型”，大概是指作家创作中的一种调整吧。我觉得，一个作家的调整，只要是发自文学内在的需要，而不是某种妥协和让步的结果，更不是主动迎合什么非文学的因素，是可贵的。一个作家如果故意把小说写得艰涩，那是一种病态；如果刻意迎合市场的口味，那是一种媚俗；但如果尽可能把它写得好看，那应该是一种追求。不同的题材有不同的处理方式，笔调、文字是不一样的，这是我一贯的考虑。我没有指望自己会成为一个畅销书作家，倒是希望自己是一个“常销书”作家。我并不希望《死刑报告》会成为一部畅销书，倒是希望读者关注它。

记者：《死刑报告》具有很好的可读性，或者说这是一部好看的小说，你打算把它改编成电影或者电视剧吗？

潘军：《死刑报告》确实具备了被改编的因素。目前也有影视的投资人在与我交涉，陈凯歌也想把它拍成电影。如果最后谈定了，我会按照一种“剧”的方式作些处理的。首先是结构上会有很大变化，要重新组织人物纠葛和戏剧性的冲突。电影的改编，难度会大一点；做电视剧会容易一些。但是改编出来的应该是另一个东西了，我只希望小说的意蕴不要丢失得太多，尽管这很困难。我一向认为，一流的小说是不可以随便改编的，因为它的内部非常严密。

在路上

——答浙江《青年周刊》记者问

记者:作为一位依旧在坚持书写的先锋作家,2003 年 12 月份你又推出了你的长篇新作《死刑报告》。据说你对中国刑法特别是死刑的思考已经很久,早有自己的认识和理解。是吗?而《死刑报告》的“产生”则是受到“孙志刚事件”的触动。不知道这一事件和你的创作有什么必然的联系?另外,《死刑报告》虽然是以小说的形式进行文本叙述,但名字听上去却颇像是带有真实意味的“报告文学”,其中有什么深意吗?

答:2001 年完成《独白与手势》最后一部《红》之后,我原想静下心来看点书,顺便写点中、短篇或者随笔。这是我个人的一种习惯。当一部较长的作品完成之后需要这样的调整。但是,这两年因为我母亲身患癌症,我大部分的时间都在为她的治疗奔波。我母亲是一个善良而敏感的人,你陪她看病,她很不安,总觉得自己拖累了儿子,耽误了儿子的正事。于是我便在陪她看病的过程中，在宾馆里写了一个电视剧《最危险的时候》※，这是一个抗日期间的间谍故事，很传奇，写起来并不觉得吃力。我每天写几页，念给她听。

台湾版《死刑报告》
正中书局 2004 年版

至于对死刑问题的思考，最早源自基耶斯洛夫斯基那部《关于杀人的短片》，也就是《十诫》中的《杀诫》。基氏是我喜欢的电影导演，他的这部作品，看过之后让我想到了一个尖锐的问题：代表国家的杀人是否意味着正义？或者说，国家以杀人的方式制止杀人是否很荒谬？这是 1997 年的事了，那时候我刚从郑州来到北京，也开始接触影视行业了，拍了第一部电视剧《大陆人》。这之后，我开始留心这个问题，读了一些中外关于刑罚、死刑方面的书，有了一点知识上的积累。我觉得死刑问题在文学上首先是一个人类的终极关怀问题，这与我的追求是一贯的。当今世界，已经有一半的国家废除了死刑或者事实上不执行死刑，而中国的死刑却占了世界的四分之三，这个差距太大了！因此，我觉得应该有一部关于死刑的小说出来，谈谈这方面的事，这也是一个作家良知的体现。所以说，这是我的一个心愿。

这部小说的写作，开始于 2002 年的 10 月，结果很不顺利，最初写的七万字实际上都报废了。我写小说，必须首先找到一个合适的叙事方式，而不是像有的作家那样，先构思好一个故事。从小说文本的角度看，这个方式，既是小说的载体，同时也是被载的一部分。我需要首先确定它。第二个困难，我面对的毕竟是一个很陌生的领域。某种意义上，我这回是以文学的方式在说一个法学的话题。如果我记得不错，当代中国如此近距离地来探讨死

※即后来更名的《五号特工组》。

刑的小说，《死刑报告》是第一部。这大概不会错的。我的一位朋友，曾经是一个刑侦物证专业的工程师，多次去过刑场执行任务，有许多感受，并与我就这个问题进行过交谈。我想，正是这几方面的原因吧，促成了这部小说的诞生。我刚才说了，《死刑报告》写得很不顺利，以至于中途放下了。直到今年3月17日，广州发生了“孙志刚事件”，使我受到了很大的震动，也使《死刑报告》的写作加快了步伐。这是一个刺激。不久，北京成了“非典”的中心，也就在这个“戴口罩的春天”里，我完成了小说的初稿，然后在夏天里把它修改完成了。很显然，我自然不想去写一部破案加爱情的小说，而是想借几宗死刑案件解析死刑问题，希望能以这种方式引起社会对死刑问题的关注。

之所以叫《死刑报告》，就是让大家觉得“报告”里的事情，都发生在我们身边，在我们眼前。既然这部小说触动的是个社会话题，那么我就会注重它的现实性。但我写的又是小说，不是报告文学。小说是一个虚构的文本。因此，我有意选择了个别现实中真实发生过的案件，譬如辽宁的“李化伟案件”和陕西的“董伟案件”。我想让大家有一种不陌生的感觉，我要唤起大家的一些记忆，让大家觉得虚构只是作家的技巧，但内容是活生生的，似曾相识，仿佛就在我们身边。我希望大家有“身临其境”的感受——这是最强烈的感受。

记者：《死刑报告》的推出，应该体现了作家的一种良知。而一直以“职业作家”来命名的你，也是将文学当做自己的一项神圣的使命。在文学逐渐被边缘化的当下，你如何看待自己的坚持？你曾经说过，写作不能养家糊口。那么出生于安徽偏僻小县城的你，当初穷困之际再选择写作是不是一种冒险？只是如今众多70年代（后）女性写手纷纷借用媒体的炒作完成自己“明星化”的过程，而另外一些作家像海岩、周梅森、石康等人也大写畅销书“中饱私囊”，写作在你眼里是否变得“钱途无量”？

答：写作之于我，既是一种使命，但更是日常生活。这是我一贯的立场。一个作家，尤其是按照自己意愿去写作的那种职业作家，他的写作实际上是很奢侈的。因为他每一次的调整，都是发自文学内在的需要，而非某种让步和妥协。这是很自然的也是快乐的坚持。这种写作自然不能保证“养家糊口”，也无疑是一种“冒险”，但我历来是把写作和谋生分开的。谋生的手段很多，或者说，另一种写作就是为了谋生，譬如做电视剧，但写作就只能按照自己的意志去写，面对的是文本和良知。多少年前我就说过，一个人不能拿看家本领去开玩笑，就像一个高明的化妆师不能去开美容院。我至今也不是一个所谓的畅销书作家，我从来没有指望自己的书一年会销出去20万册，但我相信自己的书能卖上二十年。

记者：提及海岩提及周梅森，应该让你感觉某种程度上的不舒服——因为他们并不被你看得起。你是否觉得，他们所书写的畅销文本，体现不出文学所应有的价值？除了这些人，你对中国文坛其他一些作家的素质也并不看好，曾有人问你，如果把你流放到一个荒岛上，而且只允许带上一本书，你会挑什么？而你的回答有点出人意料：“我只会带上一本字典。说实话，我们这些作家，识字很有限。”这是你故作“出语惊人”，还是真的有感而发？那么，你又如何看待当下文坛和作家群的？

答：你这个问题应该算是推理，我好像没有说过“看得起”或者“看不起”之类的话，也没有什么“不舒服”。正如小说的形态是多样的，作家也是大不相同。既然不同，就没有多少的可比性。我在阅读其他作家作品的时候，立场是一个读者，有选择和评判的权利。这也是一种互相的权利。至于“带一本字典”，我是说过的，我不认为这里有矫情的成分，因为我说的是事实。我本人识字就很有限。譬如“西泠印社”的那个“泠”字，很久以后我才知道是“清凉”的意思。

对当下的文坛和作家群，我无从谈起。因为，我不是这个文坛内部的成员，我也没有对什么“作家群”进行过系统的考察。

记者:看过你的简历,知道,并不被你看得起的似乎还应该包括作家的某些组织——比如作协。你曾在很早以前就辞去了安徽省作协的职务,并从那以后也不再申请加入任何作协组织。出于何种考虑?现在便有数位作家步你的后尘,掀起一股“作家炒作协”的风气。不敢说他们是在“学习”你,但作为“前辈”,你会认可这些作家的“胆量”么?你觉得是什么原因,造成了带有某种神圣意义的文学组织在作家眼里的失落?

答:我不参加某种组织不等于看不起这个组织。而是觉得没有必要、不需要。我想反问一句,是否参加了作协才能成为作家、才能写作呢?写作纯粹是个人的事情, 作家只能活在作品里,与组织没有多大关系的。国外一些类似作协的组织, 都是沙龙式的,没有官方的拨款,更没有级别。我从来没有意识到作协是“带有某种神圣意义”的,从来没有。倒是从来就认为写作是神圣的。

至于我十年前辞去安徽作协的职务,是因为我并不能履行这个职务的职责,也因为我对她失去了应有的信任,就这么简单。

我觉得媒体不要关注这类的事情,很无聊。

记者: 也许或多或少是因为对文坛上的某些习惯看不起、看不上,让你有点游离于当下的主流文坛。曾有人称你为文坛上的“独行客”,你觉得符合自己的身份吗?而在现实生活中,漂泊是你选择的一种生活方式,另外你也比较喜欢“居无定所”的日子,先安徽,再海口,再郑州,再北京。只是你乐于像凯鲁亚克说的那样“在路上”,是为了不断追寻某种不确定的理想呢,还是为了完成对原先生活的一次次逃离?虽然很多新生代作家不喜欢成为某杆大旗下的成员,但一如你将家终于还是稳定在北京,“先锋派”是不是你在写作上最终寻找到的一个“组织”?

答:所谓“先锋派”,只是批评家做学问的一种归纳,而非一种称号,更非荣誉称号。但“先锋派”对中国当代文学的贡献是有目共睹的,这里就不多谈了。1989 年之后,我远离文坛,是我希望寻找一种属于自己的生活,漂泊就是这样的生活。而不是在寻找

"某种不确定的理想"。我的理想一直就在我的心中,没有变。我承认我喜欢那种"在路上"的感觉。这里没有逃离的意思,有的只是远离。我今天在北京落脚,是因为我喜欢这个城市,她能抑制我骨子里的轻薄,因为能人太多,名人太多,这样你就不会把自己当回事了。心静下来,就好做事,这应该是唯一的理由。如果杭州也这样,那么我就会把家安到杭州。我说过,北京如今是一个"打造时尚、远离经典"的城市,这是一个悲哀。我的"独行",仅限于写作。我的写作,是一种个人书写欲望的满足,我写自己想写的,按照自己的方式去写。

记者:回到你的创作上来。有人说,你的小说沿袭着一种对生存的恐惧。而你也承认,恐惧是自己长期感受到的存在,也是自己放不下的话题。这种恐惧是不是源于自己年轻时孤苦无依的经历,或者自己在文坛上"一意孤行"而造就的孤独?韩东曾跟我说,文坛是充满利益是非的地方。就像你曾撰文抨击过贾平凹不是真正的小说家一样,你是不是也曾感受到文坛上对自己不甚友好的态度——而就是这种态度让你体味恐惧?有人又说,你的《三月一日》是中国版的《变形记》,只是卡夫卡的"变形"根源于西方资本主义文明下的桎梏,而你的"变形"又是因为什么呢?

潘军绘画作品·从前

答:在我这里,恐惧大概不是那些实际的、看得见的东西,更多的是那种无形的、漫无边际的东西。这或许与我的个人履历有点关系,但与"一意孤行"无关。我没有感觉到"文坛上对自己不甚友好的态度",尽管我坚信它确实存在，有时候就停在我的门口。说得狂一点，我很不在乎这种“不甚友好的态度”，因为它既不能威胁到我的存在，也抑制不住我的写作进程，于是就大可不必在乎。我们这个时代，是错过谁都不遗憾的时代，还有什么放不下的呢？

《三月一日》是我本人比较喜欢的一个中篇，首发刊物是《收获》。我也注意到批评界有类似的说法，但作为一个写作者，大可不必去关心这些。所谓“变形”，在写作过程中是一个手法问题，这种选择固然是为了表达。至于还“因为什么”，我想读者应该去判断。

记者：很喜欢你早期的《海口日记》。有评论家认为：“社会转型期间的性与爱、情感与道德、放逐与归宿、公共空间与私人空间之间的坚定与摇晃，取舍难辨的矛盾心理，被潘军迅速抓住并且准确而从容地表达了出来。”那么，在自己进入睿智之年，对一些事情在“要”还是“不要”上，应该有了明确的判断了吧？

答：我不是一个超脱的人，但自认为是一个会选择的人，知道“要”和“不要”。其实一个人在世上所能“要”的东西很有限，一个作家的“要”就更少了。可是事实上，有很多作家似乎要的东西很多，也自认为得到了很多，但他们丢失的，或者说他们无法得到的，就是作品了，尽管他们也是“著作等身”。我想这一点，彼此心里都很清楚。我是一个只要作品的作家。这个意思是说，我愿意做的事情就是写作。我想，一个愿意写作、有能力写作的作家大概都会去这么选择的。我考虑的事情，也仅限一个问题——你还能否写得更好？如果有一天我自觉能力匮乏，就不写了，去做另外喜欢做的事情。我不想“耗小说”。

记者：题外话。在和你接触的过程中，能切身感受你的豪放，也认同别人说的，你身上有塞上军旅的霸气，或者，是那一代先锋作家中最为性情外露的一个。只是，你描写项羽的作品——《重瞳》中的“浪漫而悲怆”，长篇三部曲《独白与手势》之《白》的忆念、《蓝》的伤怀、《红》的无奈……却让人看出你有别于霸气的忧郁气质。你认为自己是位多重性格的作家吗？你如何界定自己这样的一个人？

答：我忧郁吗？或许是有一点吧。我应该是在逆境中长大成人的，成人之后，也一样身处逆境。但并不害怕这个逆境，相反，我敢于面对。“文如其人”某种意义上有几分道理，但也不是完全的一致性。写作属于创造，既然是创造，那么就有一个造型的能力问题。能力的差别决定着作家的优劣。我觉得好的作家应该能够写出不同样子的小说，正如一个好演员，能塑造出不同的角色。至于我是怎样的一个人，我自己的界定是：我是一个真实的男人，是一个认真的作家。我的天赋还可以，也还具备了几分才气，我得意之处在于，这些年我基本上是在按照自己的意志生活，爱憎分明，并且把自己养活到了今天。

流动的生活会使小说飞腾

——答长江文艺出版社康志刚问※

康志刚（以下简称康）：作为《白底黑斑蝴蝶》的责任编辑，我想就这次你辑入的“跨世纪文丛”的作品来谈谈，我记得你比较欣赏有人用这样的语言来评价你：“云霄上的浪漫主义”，这是否代表着你创作时的存在状态？※

潘军（以下简称潘）：1993 年，当“跨世纪文丛”刚刚启动时，我便收到主编陈骏涛先生的约稿信。但当时我在海口，正忙于商务，加上自觉没有什么新作，便把这件事搁下了。事隔八年，陈先生再次邀请，我欣然答应了。因为这套书在市场上的反响还不错，集中了一批优秀的小说家。我这次辑入的作品，都是 1996 年之后的——有人认为这是我“复出”的一年，我作了严格的挑选，是我所出的小说集中较好的选本。至于你说“云霄上的浪漫主

※《白底黑斑蝴蝶》——“跨世纪文丛”第七辑，长江文艺出版社 2001 年 9 月版。

义”，是别人对《重瞳》的评价，应该是对创作风格的一种描述吧。但状态对于一个作家，太重要了！特别是像我这样的作家，写作往往依靠的就是状态，即兴的表达，事先几乎没有什么提纲之类。就技术层面而言，我觉得句子与句子之间是存在着感应和联系的，这有点像多米诺骨牌效应，你写出第一个句子，第二个句子就自然到了门口。这是什么？这就是我向往的那种“写作中”的状态。我还必须对你说，一个作家只有切实感到路越走越窄时，心里才踏实，才算没有摸错方向。

《白底黑斑蝴蝶》长江文艺出版社 2001 年版

康：过去评论界一直视你为先锋实验小说的代表作家之一，到现在你已走出了单纯的形式探索阶段而进入圆熟自为的创作境界，有没有哪一部小说是分界岭？

潘：“先锋派”是批评家们做学问的一种归纳。80 年代我们这些人，像余华、格非、苏童、孙甘露等，可能对小说形式比较迷恋，也比较极端，所以有别于以往的一些小说。就我个人而言，这种探索是一贯的，如果有调整，那也是因为内在的需要，而不是迁就什么的结果。1996 年，我在郑州的一所民宅里，写了中篇小说《结束的地方》，我开始感到我的小说已经把故事与叙事策略结合得不错了。这个“结束”实际上正是一个新的开始，接下来我写了《海口日记》、《三月一日》、《对门·对面》，直到最近的《重瞳》、《秋声赋》，应该说都具有以上这个共同点。当然，一个小说家面对即将要写的题材，首先想到的是“怎么写”，怎么写得有趣，怎么写合适。不是遇到所有的东西都一样地去写。至少我不是这样。我陶醉的是形式与内容的天衣无缝般的结合，无法拆分。譬如《重瞳》，我就曾经否定了三个开头。

康：在我看来，小说的实质是一种伦理的叙事——一种生活的想象和生命愿望。《白底黑斑蝴蝶》在这一点上凸现得比较显目。在这里,生活的逻辑不是简单的白与黑或者善与恶,我们惯常的叙事往往掩盖了生活的本来面目,因为它忽视了生活的偶然性与偶在性,其实,生活的偶然性无处不在,它往往从实质上颠覆了古典的善恶理则,你认为呢?

潘:我同意你的看法。《白底黑斑蝴蝶》应该是一个比较典型的"后现代"文本,因为它采用了"拼贴"。这个意思我在动笔之前就预想到了。我想把一些不相干的东西放到一起,进行重新组合,但是又很和谐。我感到它们之间会产生某种联系,也就形成了小说的张力。我对生活的"偶然性"很痴迷,它是想象的支点。它会诱发包括你所言的那种"颠覆"在内的许多有趣的东西。另外,宿命这个主题也是我一贯感兴趣的。

康:我注意到,你的小说沿袭着一种对生存的恐惧,从《南方的情绪》到《陷阱》,《三月一日》里面也弥漫着这种生存上的焦虑气息,《南方的情绪》是关于冒险的叙事,《陷阱》是关于防备的叙事,而《三月一日》则带有那么一点对现实生活失望和调侃的味道。这是否算是你对人的生活的总体认识?

潘:恐惧是我长期感受到的存在,也是我放不下的话题。我觉得我表现恐惧,无论是"冒险"还是"防备",实际上都是在表现人存在的荒谬与无奈,表现活着的沉重,表现人与社会的那种紧张关系,当然也是一种对爱的渴求,这应该是宗教情怀。恐惧的对面就是爱。

康:海德格尔的伦理学勘定在一种从"此在"把握入手,领悟此在与共在的关切,最终由存在的"畏"进入对"趋于死亡存在"之大畏的一种存在本体论领悟,你的《三月一日》似乎也以此作为生存伦理思想的切入口。即我们的"此在"失落于"众人"之中,成为非本真存在。主人"死"过一回,才有了更进一步的生命体味。直至最终遁入到久违的心灵记忆之中,才真正体会到"本真"的意义。项羽的乌江自刎也是对存在之"畏"的一种逃遁,我倒认为这是对传统英雄主义的一种颠覆。但总的来说,这种回归心灵的思路可能是你对生命意义的最终取向吧？

潘：冯敏说，《三月一日》是中国版的《变形记》，他的意思是，我在借一个荒诞的结构，说的还是现实问题。这个判断有一定道理。当然这不仅是一个叙事策略的问题，经过“这样写”，某种意义上是方便了我的建构。譬如你提到的“死”与“畏”，在小说里最后呈现出来的是貌似一种悖谬，其实这正是我想要的。这不是什么有意的“颠覆”，是自然形成的结果。有人说，在《重瞳》里，我实际上是在借项羽说潘军的话，这或许不错，所以我不同意把《重瞳》看做什么“历史小说”。

康：你的叙事结构的设置相当精致且变化多端，往往能够将所叙之“事”讲述得圆融细腻，引人入胜，有的几乎就可以看做精巧的电影剧本，比如《与陌生人喝酒》、《白底黑斑蝴蝶》、《对门·对面》等等，这是否有着当初先锋实验阶段的积淀的功效？

潘：李洁非在一篇谈我的小说文章里说，我现在的作品尽管有所调整，但仍然可以看出“先锋”的痕迹。他大概是指叙事上的安排，当然也包含着结构。另一个原因，是我对电影文学本身的功夫，我对此是花过很大气力的。现在我还可以当导演来拍戏。但是即使是你所言的以上那些作品，我想本质上还不是我们通常所说的那种电影，那种好莱坞式故事片。它可能与那种法国“作家电影”的形态比较相似。《和陌生人喝酒》被黄建新买去了，他说这个小说让他想起黑泽明的《罗生门》。我倒觉得更像基耶斯洛夫斯基的《无休无止》。可是他买去了，又几年没有拍成，我当然就收回了，想想还是留给自己以后来拍吧。

康：关于《重瞳》，它使我又深一层领悟到“历史作为一种书写”的历史学观点。尽管某种意义上《重瞳》不能算历史小说，但是小说中项羽的人格魅力让我更愿意相信它。因为它更美，它越出我历史的期待视野之外，又在我的审美体验之中。我想问的是，你是怎样看待历史的？

潘：陈骏涛先生称《重瞳》是“新历史小说”，看得出，他也是喜欢这部小说的。“历史作为一种书写”是我一贯所认同的。1991年我写长篇小说《风》时，我就在企图表述这种见解。历史不在现实，而在人心。即使是客观的历史，那么这客观也只是一种主观的可能性。我同时认为，历史是暧昧的，它总是在真实与虚伪之间飘悠。其实，对于这个家喻户晓的历史题材，大家感兴趣的是，我怎么把它写成了这个样子。

康：《重瞳》一出来，引来了很多的模仿者。

潘：我注意到了，经常看见有人在说“我是这个”、“我是那个”的。

康：有没有想过继续通过对历史进行再叙来阐发自己的美学思想和诗学观念？

潘：也许还会有吧。我想会有的。

康：你的小说中有许多传奇性的东西，有时候你的叙事主体还扮演历史事件的侦探角色，似乎带有强烈的好奇心或者冒险精神，这里涉及一个私人问题：这是否也符合你个人的心性。还有，你的生活中是否有过许多的传奇？据我所知，你曾经有过长时间飘游的经历。

潘：我想应该是叙事的需要吧，与“心性”没有什么关系。生活中我是个大大咧咧的人，没有什么“杯弓蛇影”。至于传奇经历，我想每个人或多或少都会有一点。漂泊是我选择的一种生活方式，至少目前我还比较喜欢这种“居无定所”的日子，尽管伴随着许多烦恼。有人问我，假如你现在稳定下来，是否还会写出较好的作品？我说，可能不会，因为我觉得，流动的生活会使小说飞腾。

潘军绘画作品·一意孤行

最好的感觉是说不

——答《安徽商报》记者问

记者：几年前，曾经出现了“潘军年”，许多出版社争相出您的作品。读者非常关心您现在有什么创作？写不写小说？

答：所谓“潘军年”，指的是2000年发生的事情，当时国内有包括人民文学出版社在内的七家出版社不约而同地出版了我16本书。这在中国出版界比较罕见，所以引起了媒体的关注。我记得最早是《北京晚报》以《出版界打造潘军年》为题，以一个版的篇幅这么说的，接着国内十家文化单位共同出资在京联合举办了“潘军作品研讨会”，后来中央电视台的“读书时间”又做了《潘军与小说》的专题，所以热闹了一阵子。值得一说的有两件事。第一，我不可能一年之内写出16本书，就是抄也抄不出来；在文学界，我一直被视为先锋作家，但我和余华、苏童等人不同，他们一直写着，没有间断。而我从1992年起，就过起了孤身漂泊的生活，我自己称为“自我放逐”。因为那时候安徽文联没有一个具体的部门愿意收留我，我被暂时挂在办公室，只能选择离开。先去了海口，之后又去了郑州，最后是北京——合肥两地跑。就这样跑了六年。那几年的生活叫做“下海”。我要生存，就必须去挣钱。到了1997年之后，我才回到文学创作上来。这些作品慢慢积累起来，就一下出了那么多。第二，除了我的母校安徽大学出版社出了一本《坦白——潘军访谈录》外，安徽没有出过我的书，至今没有。

2001年，我本来要去德国进行访问写作，但母亲得了癌症，所以不可能去了，也不可能安心写作。尽管这样，还是写了一点，比如长篇小说《死刑报告》，中篇小说《合同婚姻》、《犯罪嫌疑人》，短篇小说《纸翼》、《临渊阁》、《枪或者中国盒子》等。最近，又写了一个中篇《戊戌年纪事》。我对小说的创作历来很严肃，是一种远离功利的写作，是叙事欲望的满足。当然，我是在证明自己还能够写得更好。除此之外，继话剧《合同婚姻》之后，我又根据自己同名小说改编，为中国国家话剧院写了话剧《重瞳——霸王自叙》，还改编了一个京剧《江山美人》。今年我主要在搞电视剧，一个是根据《合同婚姻》改编的三十集连续剧，何群拿去拍了，另一个三十集的《五号特工组》由我自己来拍，估计五六月份开机。

2000年国内三家出版社在京联合举行潘军签名售书活动

记者：创作上有压力吗？如果有，是来源于内部的还是外部的？怎么消解创作欲望或者说是创作心理的紧张与焦虑？

答：如果说有压力，那么我的压力完全是自己造成的，也即你所言的“内部”。写作是一个人的战争。我不紧张，但焦虑。焦虑是总觉得自己写得不够好，总觉得自己最满意的作品一直没有写出来。既然我这种写作是一种叙事欲望的满足，那么写作中的状态就很重要。一般情况下，状态不好，我是不写小说的。我有时候出去走走，四处会会朋友，看点闲书，作点书画，打打麻将。

记者：您不在安徽生活有些年头了，现在您定居北京，是否意味着北京给您提供的空间比其他地方都大？

答：我至今还是安徽省文联的专业作家，但我没有申报任何职称，也不担任任何职务。我的工资应该是作家中最少的。但这样很好，相互不欠。我选择北京，不是或不仅仅是因为那儿的舞台有多大，天地有多宽，而是京城的能人太多，反倒有一种“大隐于市”的感觉。这样的氛围，能让你彻底地放下来，也能抑制你骨子里的轻薄，不拿自己当回事儿，使你的内心保持住一份宁静。而做事，正需要这样的宁静。

记者：现在一天能睡几个小时？最烦恼的是什么？

答：我神经衰弱，睡眠一直不是太好。最烦恼的事是没有梦。

记者：在外地是“诗意地栖居”还是现实的漂泊？理想的和现实的生活状况有区别吗？如果有，在哪？喜欢传统文人式的弄花吟月，还是赚足了钱从事写作？

答：现实和理想永远有距离，这段距离叫“痛苦”。是人就免不了痛苦。我向往诗意的生活，但我无法回避现实的漂泊——即使定居，也不意味着心灵的不再放逐。我喜欢传统文人的风范，喜欢士大夫式的清雅，喜欢琴棋书画，不喜欢弄花吟月。

我历来是把挣钱和写作区别开来的，比如我做电视剧，就是为了挣钱，没有成就感。我的写作，指的是我愿意进行的那种写作，遵从内心的写作，恪守文学立场的写作。但这样的写作，很奢侈。因此，先得把自己养好。否则，所谓的写作就会沦落为谋生的手段，而我不希望这样。

记者：您最近在读什么书？不同人生阶段读的书主要是哪些？能否列举一两本？

潘军绘画作品·一树梅花一放翁

答:最近读了《皇帝与秀才》(美·史景迁著)和《沈从文的最后四十年》(李扬著)。四十岁之后,我很少读文学方面的书,喜欢读文史类的书、好的人物传记,以及一些杂书。以前读书,多少带有些功利性,虽然有用,但失去了阅读的快乐。现在读书,是日常生活一个不可分割的部分,是纯粹的阅读,每天读几页,是享受。

记者:您也画画,和专业画家相比,有什么不同的地方?

答:1978年上大学之前,我业余自学美术。当时想考美院,可是第一年的高考需要政审,而我父亲是没有平反的右派,这样,我就失去了成为专业画家的可能。但绘画的欲望始终没有泯灭。我现在偶尔还画一点,是自我性情的一种表达。在中国作家中,我自觉我的画应该算好的。但我承认,我还是业余,我宁愿做一个"票友","票友"的好处是自娱自乐,无须顾忌专家的评价和舆论的压力。

记者:从我与您几次的接触来看,您心气高,底气也比较足,是一个很直率,敢于流露真性情的人,比如对贾平凹的批评,对当年法籍华裔作家高行健获得诺贝尔奖引发中国作协发表声明提出异议,等等。是什么让您具备了这些?

答:所谓对贾平凹的批评,不过是几年前我在《北京青年报》上的那篇小文章。其实,我只是指出像贾平凹那种小说,与我的文学立场相悖。他的小说还是明清话本的一种延续,看不见叙事,这当然是我的一家之言。但后来贾平凹说,潘军的观点没有权威性。这就有点负气了。至于高行健获奖,怎么说他都是一个华人。怎么说他都填补了百年文学奖华人的缺席,我没有理由不高兴。我困惑的是,中国作家协会为什么不高兴?一个作家表达自己的观点,一点都不困难。问题在于你是否敢于表达。不敢,是因为有求于人，我敢，是因为我可以说不。

记者：您既不申报一级作家的职称，也不肯加入中国作协，为什么？

答：因为不需要。

记者：您一直说作家不要揽创作以外的许多社会事务，您觉得自己是个纯粹的作家吗？

答：我好像没这么说过，我只说过一个作家的野心，只能局限在一张纸上，而不要跑到纸以外去。我希望自己能成为一个纯粹的，或者比较纯粹的作家。其标志，就是永远按照自己的文学主张去写作。

记者：您认为自己的小说和散文是否为经典作品？能流传下去吗？

答：我从来没有奢望自己的作品能成为经典，并加以流传。这是时间决定的问题，不以个人的意志为转移。我说过，当代文学最大的遗憾是大师的缺席。而另一个遗憾，是到处都能见到以大师自居的人。

记者：到目前为止，最满意自己的哪一部作品？

答：我一直觉得自己满意的作品没有写出来。

记者：对于您的评价，似乎绕不开"先锋"两个字，您怎么理解"先锋"的？您认为自己还是先锋作家吗？

答：所谓先锋作家，只是批评家做学问的一种归纳。而我所理解的先锋，指的是一种文学精神。就当代文学而言，出现在20世纪80年代中期的先锋文学，侧重于小说形式的探索，具有反传统的倾向，这对当代中国小说的发展，起着不可估量的作用。先锋小说式微后，它的主要作者，都有着不同程度的回归现实。我认为，这是一种调整，旨在使自己的小说变得更好看。就我个人而言，我感兴趣的不是文学史或者批评家们对我的定位。任何头衔对于写作者都是多余的。我的文学主张从来没有丢弃，但涉及到具体作品，写法又各有不同。我要写的依然是我所理解的那种小说。

记者：据说您女儿潘萌的小说《时光转角处的二十六瞥》已经入围"春天文学奖"，您希望她走怎样的文学道路？有无具体的引领？

答：潘萌有良好的写作天赋，但我希望她把写作作为终生的爱好，事实上她也是这么做的。对她的写作，我谈不上"引领"，倒是我们爷儿俩经常交换一些看法，往往是互不买账。《时光转角处的二十六瞥》是她的长篇处女作，出版后，受到一些鼓励，但我不希望她看重这些。

记者：安庆过去和现在都出了许多文人（作家、艺术家等），您欣赏谁？

答：历史上安庆这块土地，出过著名的"桐城派"，出过"四大徽班"的领军人物程长庚、杨月楼，出过大书法家、金石家邓石如，出过新文化运动的领袖陈独秀，这都是安庆的骄傲。这样一些人物，出自同一块土地，无疑是一个奇观，但我至今找不出他们内在的联系。当代文学上，已故的诗人海子一直为人称赞，他的诗让我联想起文森特·凡高的《向日葵》。

2001 年在陈独秀墓前

记者:您认为安庆为什么会出那么多文人?

答:我没觉得安庆出过“那么多文人”。

记者:故乡高密在作家莫言的作品中多次出现,怀宁在您个人的记忆或者是作品里有无反复出现?

答:某种意义上,一个作家童年或少年的记忆,决定了他今后写作的方向。一种地域文化,对于一个作家意识的形成,是起着相当重要作用的。我的很多作品,都与我的故乡有关。比如说,长篇小说《日晕》、《独白与手势》等。

记者:您曾当过知青,有没有打算就知青经历进行创作或者就敏感的话题反思?

答:我无意去写一部“知青小说”,但知青生活,作为我个人的一段特殊的人生经历,曾经渗透在我的作品里。那是一段值得缅怀的时光,多年前,我曾去过当年插队的地方,以后我还会去的。

记者:回望故乡,您最想说什么?

答:一言难尽。

与潘军谈博尔赫斯

——与《北京文学》记者的谈话

时间:2004年10月27日

地点:《北京文学》编辑部

谈话者:潘军

《北京文学·中篇小说月报》编辑(以下简称北):潘军老师,我们的“文本典藏”栏目已经做了好几期了,从读者和“圈子”里的反映看,大家都很喜欢。说到这个栏目的设计,我们还要感谢你当初出了个好主意。

潘:我和《北京文学》,和章德宁是老朋友了。那次聚会上,我提了这个建议,我其实重视的是一个刊物的形式感,觉得穿插一点手写体的评点,至少有一种装帧效果,这也有点像博尔赫斯的小说。

北：所以我们今天想请你谈谈博尔赫斯的小说。作为当年“先锋派”的一员，你们这些作家，譬如说马原、余华、苏童、格非、孙甘露等，都一定程度上受到了博尔赫斯的影响，因此编辑部才作出这种安排。

潘：作家中对博尔赫斯有深入研究的，应该是残雪，她写了一部专著，据说很不错的。但博尔赫斯的影响应不限于在所谓的“先锋作家”里，也不仅是在小说家里，诗人中也有受到其影响的，比如西川。我还听说，博尔赫斯的诗歌实际上比他的小说还要精彩。我知道博尔赫斯，是在1979年，当时读大学二年级。好像是那一年的《外国文艺》上介绍了博尔赫斯的四篇小说，这是不是中国的第一次介绍？当时读了，不知所云。但博尔赫斯向我们提供了一个全新的小说形态，这种感受是显而易见的。就像一个人看惯了“巡回展览派”，突然之间让你看“印象派”，那种感受是全新的。还有，翻译者王央乐先生的译笔很了不起，感觉非常有味道。几年后的1983年，我在合肥买到了王先生翻译的《博尔赫斯短篇小说选》，就是上海译文出版社出的那个小32开的册子，觉得好，一直带在身边。有人说，这个小册子是我们这些作家的《圣经》。1993年，马原去海南岛拍大型电视片《中国文学梦》，他对我说已经拍了近百个中国作家，其中有王央乐，我想，他也是因为这个译本才作出这个决定的。这个事实表明，王先生的翻译对我们喜欢博尔赫斯所起的作用。倘若我最先接触的不是王先生的译本，或许就与大师失之交臂了。这一点我以为很重要。我读外国文学，从来都是先读翻译家——倘若译笔不

潘军绘画作品·博尔赫斯像

好，我就不看了。比如《包法利夫人》，我是先读李健吾，后读福楼拜的。李先生那种漂亮的短句子让我至今迷恋。我不知道其他作家怎么看，反正我是承认，博尔赫斯对我有很大影响。十多年前，我甚至还公开效仿他，写了几篇小说，比较典型的是那部中篇《流动的沙滩》。我觉得博尔赫斯的真正影响，是对于整个写作形态的改变，同时也颠覆了阅读。

北：有批评家说过，《流动的沙滩》是一部典型的博尔赫斯风格的小说。你本人也曾经说过，创作这篇小说的时候，就非常向往能写出一部具有那种博尔赫斯式的语言意味的小说。

潘：苏州大学的季进教授就这么说过吧，他说这篇小说“最博尔赫斯”，我说，我以这种方式向大师致敬。这一点当时在下笔的时候就非常明确。我希望在叙述上做到从容不迫，而且既要完全改变传统小说的那种结构模式，又即兴地随手拈来一些东西，然后把它们放在一个统一的语言系统里面，构成内部的一种和谐。这是我对博尔赫斯的直觉。我从来不在意博尔赫斯的小说里到底说了些什么，更多是看他怎样说。我只是觉得他的小说很智慧，它的句子很智慧，而这样的作家在我看来确实是很罕见的，每一次细细地阅读，你可能都有新的发现。不过今天我们得说点什么了，否则就算不得“评点”了。我写上去的那几段话，都是即兴的读后感，不到半个小时就交卷了。

《南方》在博尔赫斯的短篇小说里，应该是精品。他本人也非常喜欢。这部小说集中体现了博尔赫斯小说的特点，就是对时间的思考和处理上。他对时间一直是不自信的，笔下的时间总是模棱两可，迟疑不决，甚至自相矛盾。他说，时间是一个令人颤抖和严峻的问题。然而也正是这种犹疑和悖论使得博尔赫斯对于时间命题的解决呈现了多样化的状态，从而意外地使其小说获得了独特魅力。《秘密的奇迹》叙说的则是在战争的阴影下关于时间的命题，在这里博尔赫斯提出了客观真实与心理真实，亦即物理时间与心理时间的关系问题，或者肉体的世界和精神的世界问题。博尔赫斯在作品中用暗示的手法模糊了梦与现实的界限，将梦和现实打通，合并成一条路，可以在其间自由来往。他进入了自由的呓语的梦境的状态，而我们正是被作者叙述中随意流淌出的象征、智慧、思考和想象力所征服。

北：你提示大家注意《南方》的那个段落，是否可以看做是一种转折？

潘：说转折也未尝不可。作者本身的表述就很含糊，到底是达尔曼的身体好转了，还是他的梦开始了？我选择后一种。他的关于南方的梦，是从病床上开始的。所以他说“几乎使人难以相信，这期待着的一天竟然来到了”。这种语气本身也是难以置信的。然后是“谁只要跨过那条街道，就会进入一个更为古老更为实在的世界”。再往下，便有了“身分为二”的感觉，“一个是秋日里在祖国大地上旅行的人，另一个是禁闭在医院里受着疗程奴役的人”。所有这些迹象，传达出来的都是梦的信息。他所营造的“南方”，无疑是一种象征。在这里，南方和传统、历史是同义词。达尔曼走进南方，实际上是博尔赫斯走进了传统和历史。在这里，他将要接受命运的挑战。命运和时间一样，都是不可捉摸的。所以小说的最后，那个被称为“南方的缩影”的高乔老人向达尔曼扔出了一把刀子，把他逼上了必须接受挑战的绝路。这太绝妙了。

潘军绘画作品·苍茫

北：博尔赫斯在中国一直存在着被“误读”的现象，对此你怎么看？

潘：“误读”的现象是有的。究其原因，我认为在于几个方面。

首先是翻译得不够准确，我看过一份资料，说博尔赫斯的名篇《交叉小径的花园》不是“交叉”，而是“分岔”，应该是“小径分岔的花园”。我想之于此类的错误应该还很多，但对于我们这些不能用外语阅读的人，不好分辨。但是，当我比较了几个译本之后，仅从译笔来看，我欣赏的还是王央乐先生的译本。其次——实际上这是最重要的一点，我认为是阅读观念的问题。博尔赫斯的小说是全新的形态，那里没有什么明显的线形关系，也没有更多的因果关系，故事往往是零碎的，人物形象也是模糊的，倒是充满了悖谬、矛盾、幻想和想入非非。第三，批评家们也在误读。

中国的批评家往往习惯在读懂之后才发言，而现在面对的是全新的不易读懂的文本，所以他们只能作出似是而非或者自以为是的发言。在这里，批评家们其实是遇到了自身智力上的挑战，但他们多数是回避了，顾左右而言他。

北：批评家更关心的是把作品纳入某个体系和大的背景。

潘：但是最过硬批评家还是应该就文本谈文本，迎面而上。可惜这种批评家不多见，多见的是把我们这些人的小说当做他理论体系的“举例说明”。

北：对博尔赫斯的误读不仅仅存在于批评家中，还存在于作家中。这是否因为中国作家很大程度上比较拘泥于现实，在思考中比较缺乏形而上的能力？

潘：有这方面的问题。但主要原因还是把我们习以为常的写作方式套用在博尔赫斯身上，这就造成了严重的隔阂。博尔赫斯一辈子是在书籍中旅行，他的作品极大地依赖文献与资料，依赖于自身的想象力而缺少体验。另外，博尔赫斯一辈子痴迷于叔本华等人的学说，他往往一开始就面对的是形而上的思考，这与中国作家习惯于从形而下提炼到形而上，希望从现实层面进而升华的经验也是大不相同的。再就是，一般的作家通常是被故事、被因果关系所追逐，是被动的；而博尔赫斯则是主动驾驭着文本，他通过他创造的这种特殊文本作为载体，可以装他想装的东西,可以为所欲为。

北:博尔赫斯自身即存在很多悖论,他秉性文弱,而他向往的境况却往往是雄壮的,作品中经常出现黄金、老虎、草原等等硬的意向,这是否可认为他的写作是对于自身不能达到的一种补偿。而中国作家的写作可以让人看见具体生活,却缺乏这种补偿。

潘:博尔赫斯自身就是一个悖论。他生性羞怯,却又喜欢跃跃欲试;热爱学问却又醉心政治鼓动;性格孤僻却又愿意接受记者访谈。博尔赫斯出身于一个旧式军人家庭,从小在祖辈那些可歌可泣的传奇故事中长大,这种经历使他对那种勇敢彪悍的形象非常崇拜,所以他笔下出现的,往往都是杀手、醉汉、囚犯、刺客、流浪者和远方的骑士。这种形象,可能也是对他乏味的个人经历的一种补偿。某种意义上,他通过自己塑造的小说形象展现出生命的辉煌。他像个优秀的演员那样,通过不同角色的演绎丰富人生的体验。但博尔赫斯不是那种依靠个人经验、阅历进行写作的作家。他的身体条件决定他不能行万里路,但可以读万卷书。他是一个典型的"图书馆作家",依赖的是自己丰富的阅读。这使他的作品,无论是小说还是诗歌,都呈现出一种超凡的幻想。他是一个梦想家。他从小就呆在父亲的书房里,成人后几乎一辈子都泡在图书馆里,先是在布宜诺斯艾利斯市里图书馆当管理员,庇隆政权时期,他被弄去做了几年的家禽检查员,等庇隆下台了,他被任命为国家图书馆的馆长,他在这个职务上做了18年。所以他说:"必读的书,我已饱读。"他一生是在书籍中旅行。上帝把八十万册图书和高度的近视同时送给了他,却使他成为一个因近视而富有远见的人。这种情形,在其他作家,包括中国作家中十分罕见。一般来说,一个作家的经历、记忆,特别时童年、少年时期形成的记忆,决定了他的写作方向。作家的每一次写作,都不同程度地在调动自己的记忆库。但博尔赫斯不是这样,他的许多小说,我推测都是从传说和阅读中得到启发的。他把自己的某些观念，嫁接在一个书中看到的或者道听途说的故事躯干上，然后再用文学的方式去解释哲学方面的问题，这使他的小说别具一格。《秘密的奇迹》中，居然有这样的事情，一个死到临头的剧作家，因为剧本没有写完，便托梦去向上帝争取一点时间，而上帝居然也允准了。但他要表达的却是对时间——这个哲学问题的理解：客观的时间无法驾驭，但主观的时间则可以自由支配。肉体的世界可以凝固，精神的世界却可以无限释放。

潘军绘画作品·雨

北：你在一篇关于博尔赫斯的随笔中，曾提出一个观点，即认为博尔赫斯的小说文本是一种"双重虚构"，能具体谈谈吗？

潘：所谓"双重虚构"只是我个人的理解。小说作为虚构的故事文本在博尔赫斯手里，就其表面的形态而言，往往像一份措辞考究、证据充足的书面报告——他有一部小说集就叫《布罗迪报告》。在这样一份"报告"里充满着准确的时间、地点、真名实姓的人物、确有出处的典籍，并有大量的引经据典，这些"报告"经他神秘地组织起来，具有毋庸置疑的欺骗性，但一切看上去都是那么煞有介事。他用貌似真实的细节等虚构了作品的形式，从而构成了一种虚实相间的迷离的效果。这是另一种虚构，形式的虚构。除了博尔赫斯的博学和对纯粹文学形式的高度把握，或许正是由于这么一种"双重虚构"的文本，使博尔赫斯成了"作家们的作家"。这之前的作家们可以虚构故事，却还没有来得及考虑虚构形式。读博尔赫斯的小说，有时候感觉是在做一项智力游戏，那里面有知识，有智慧，有惊人的想象和清晰的思辨，你在破除他布置的迷宫的同时，也享受到了梦游般的快乐。

北:能谈谈对短篇小说的看法吗?

潘:我对文学史上依靠短篇小说立足的作家,从来都是敬畏的。例如中国的鲁迅,法国的梅里美,还有这位博尔赫斯。短篇小说由于受到篇幅的限制,它的经营便煞费心机。“短篇小说”应该是一个专有名词,与内容的浓缩其实没有什么关系。我曾经有一个比方,觉得短篇小说和传统中国画中的那种叫做“小品”的形式很接近。小品不是浓缩的国画,当然放大了也不是巨制。小品就是小品,要求的是那么寥寥几笔,尽得风神。但这寥寥几笔往往是要命的,因为要出大境界。所以八大山人、齐白石是大师,他们是出了大境界的。短篇小说核心的一点,是在有限中企及无限,这也是要命的。

潘军绘画作品·辜鸿铭

北:你怎么看博尔赫斯将文学当做严肃的游戏,认为写作是满足自己游戏的心态。

潘:对于一个职业作家,写作这种职业往高谈是使命,往低谈就是日常生活。但无论是作为使命的写作还是作为日常生活的写作,最高境界应该是游戏的状态。李陀曾批评我是个过度沉溺于叙事快感的作家,可我却将它视为一种表扬,因为我是一个为叙事的欲望所驱使的作家,倘若连叙事的快感都没有,那我也许就不写作了。

北:在文坛上,你是一个比较特立独行的作家,能对当下的中国文坛谈点看法吗?

潘:我一贯置身“坛”外,不知道坛内的事,也不感兴趣。我现在也不怎么读小说,主要读一点文史方面的书和一些闲书、杂书。另外就是弄点字画,自娱自乐,有时打打麻将。北京这个地方虽然人多车多、空气不好,但能修身养性——因为能人太多,天下太大,谁也霸不住。这就意外地获得了一份安宁。这也是一个悖论。

间谍不朽

——关于电视剧《五号特工组》的答问※

一部以翔实史料为背景的抗日间谍片《五号特工组》已于3月24日起在上海东方电影频道热播，创了该频道开播以来的历史最高记录，成为上海影视收视率的一匹“黑马”。最近，又分别在天津、广州、武汉、长沙等城市播出，依然是好评如潮。该剧被誉为中国版的《加里森敢死队》，历来特立独行的著名作家潘军此次自编自导了这部悬念题材剧。这部描写抗战时期中（国共汪日）四方间谍大战的新剧以最新的表现形式来歌颂为祖国的完整统一浴血献身的先辈，充满了悬疑和惊险，一波三折，扣人心弦。

问：三十集电视连续剧《五号特工组》已经陆续在全国各地播

※这是《新安晚报》记者的一次采访。这次采访过去不久，北京的收视率达到14.3%，排名第一；以后济南、杭州、南京、重庆等地也是收视率第一。

出，从目前播出的情况看，收视效果很不错，对此，您感到意外吗？

答：不觉得。这部电视剧在上海开拍之初，我就在新闻发布会上对媒体说过，我做电视剧，是因为觉得眼下好看的电视剧不多，我只想拍出一部好看的电视剧。当时有人私下里觉得我这个话说得有点大。其实我相信自己有这个能力。上海东方影视频道据说是创下了收视率最高记录，天津第一天就到了8%，有点像潜力股的“高开”。济南齐鲁台的势头也非常好。

问：当初您怎么想起来写这样一部电视剧的？

答：这话说起来就有点长了。《五号特工组》最初叫《最危险的时候》——“中华民族到了最危险的时候”，咱们国歌里的一句歌词。初稿写于2002年。那也是我母亲最危险的时候，她不幸身患癌症。我陪母亲在北京治病，住在北京空军招待所里——我一个本家的叔叔在那里当所长。我母亲很坚强，自知来日不多，还怕自己耽误了儿子的正事。为了让母亲安心治病，我决定在这期间写一个好玩的电视剧。有空就写上几页，写完了拿到隔壁房间给她和父亲看。就这样慢慢完成了初稿。现在片子拍出来了，而我母亲却去世已经三年，让我很悲痛！

《五号特工组》剧照

问：是不是可以这样说，这个戏的诞生有点意外？

答：是的，很意外。虽然以前我写过电视剧，但自己最想写的还是小说。

问：您既写小说，又当编剧，而且是自编自导，您怎么会想到写一个这样的故事？它到底是中国版“加里森敢死队”，还是中国版007？

答：第一，我是一个正经的作家，也是一个不错的编剧，当初在写这个剧本的时候，我的定位很明确，就是好看，让大众喜欢。没有人会指责我，说你的电视剧不深刻。但大家会说好看或者不好看。这是基本的定位。这个剧本首先有一个全新的角度——它说的是一个“洋抗日”的故事，又是间谍题材，没有炮火连天，只有刀光剑影。我认为，间谍题材是和爱情、死亡并列的、不朽的题材，特别适合做成影视作品。“007”不是已经拍到今天了吗？还有，这个戏不是凭空捏造的，它是在大量真实史料的基础上进行了合理的虚构。剧中一些事件，都是历史上真实发生过的。第二，我对影视潜心琢磨二十多年，看过大量的作品和书籍，有足够的知识储备。我对表演、导演、摄影、美术，胸有成竹，能够从容驾驭，手还很快。

问：《五号特工组》是您的第一部自编自导的影视作品吗？

答：不，是第三部。我以前还自编自导过一部二十六集的电视剧《大陆人》和电视电影《对话》。但因为一些条件不具备，所以有些想法没有很好地实现。

问：那是不是可以这样说，《五号特工组》是您自编自导自演的第一部作品呢？

答：如果就影视作品而言，《五号特工组》确实是我的第一部编导演合一的作品。但我在大学的时候就自编自导自演了一个话剧《前哨》，我演鲁迅，这个戏获得了全国首届大学生文艺汇演一等奖。那是1981年的事了，那时我二十三岁。

问：这次您又演了军统头子戴笠，您是不是特别喜欢演历史人物？

答：我演戴笠算是“友情客串”，主要是担心别人会演得脸谱化，虽然戏份不多。戴笠不是汉奸，对抗战也是有功的。另一个原因，是我想通过这种方式和演员交流、沟通。其实也就是告诉大家，我还能演戏，所以我对表演上向演员提出表演上的要求，他们更容易理解。譬如说，我要求演员表演要“提半口气”，得端着点，不能过于生活化。

问：在当代文学史上，您被称为中国先锋派的代表作家之一，怎么现在做起影视了？这个跨度确实太大了。是玩票吗？也有人说，您是一个多才多艺的作家，是这样吗？

答：我对电影的琢磨一点不比写小说的时间少。就个人素质而言，我做导演的条件肯定比当作家的条件好。我是一个认真的作家，我个人的兴趣比较广泛，除了写作，也喜欢书画，喜欢京剧，我从小就是在“戏园子”里长大的。这些对做导演是有益处的，比如说，戏曲里讲究行当搭配，这非常有道理。但凡一台好戏，行当都很齐全，生旦净丑都有。再比如，国画讲究含蓄、留白、写意，这也会使你在拍戏的时候丰富你的手法，触类旁通吧。

《五号特工组》工作照

问：有人说，您这个人做事，往往追求“轰动效应”，比如说，2000年，您一下子出版了16本书，被舆论称为潘军的“出版年”。再比如，2004年，您又同时为北京人艺和国家话剧院分别写了话剧《合同婚姻》和《重瞳——霸王自叙》，于是又有媒体称是您的“话剧年”。而去年，您一下写了两部大型的电视剧，这是不是您的“影视年”？

答：我没有想过什么“轰动效应”。事实上所谓的“轰动效应”也不是你追求就能来的，是自然形成的局面。那年国内七家出版社不约而同出了十六本书，并不是我一年写了这么多，而是以前写的没有及时拿出去而已，碰巧一起出了。去年我的兴趣是在做电视剧上，出发点很简单，其一，这种方式能挣钱，能解决我很多实际问题。其二，就是不满目下电视剧的水平。打开电视机，都说好看的电视剧太少。那就做它一部吧。我觉得电视剧要做，首先必须好看，让大家津津乐道。它是一种特别通俗的东西，你不要在这里面耍花腔，不要自作多情到这里面来当艺术家。作为编剧，你要讲一个扣人心弦的故事；作为导演，你要把这个故事说清楚，说动人。一个好的导演，最重要的素质，是要把全剧组所有人员的积极性和潜力调动起来，不能唱独角戏。

问：您觉得作家当导演有什么优势？您会就此当导演还是继续写小说？

答：如果说优势，最大的优势在于对剧本的理解。剧本是你写的，你自然要理解得透一些。这也是演员特别需要你的地方。另外，如果你对影视这个行当有研究，你会有一些不寻常的设计与处理。毕竟，这里还是有一个文学基础问题。这个基础薄弱了，做起来就不会那么到位了。我举一个例子，《五号特工组》中有一个情节，来自英国考文垂的工程师李智博，他的妻儿在纳粹轰炸中双双身亡，电报来了，其他人却一直瞒着他。最后，在他迫切追问下，只好把电报拿出来。当时拍这场戏，演员冲动地一把将电报抢了过来。我说不，这样太一般了。我要求他的手在接触到电报的那一瞬间，慢慢缩回来。我说，一个人面对巨大的悲痛，内心是拒绝接受的。我觉得这样会更有意味，戏就在这只手上。我不会从此改行去拍电视剧。我最想做的事情还是写小说。写小说是自我挑战，永远面对一个问题——你能否写得更好？当

潘军在《五号特工组》中饰演戴笠

然，我也希望这辈子能拍出几部表达自己内心的电影。

问：现在都在重塑当年事，烽火岁月的故事都被说得特别有激情特别有人性，您这算不算是跟风？它和别的故事最大的不同是什么？

答：我这人做事从来没有所谓"跟风"的习惯。我刚才已经说了，《五号特工组》是几年前写的，因为忙于母亲的治病，才延缓到现在做出来。

问：现在对某些特定历史时期的一味正面描写好像尺度放松了很多，您觉得这种宽松的极限会是什么？会不会对一些特别敏感的时期和事件容许争议和争鸣？

答：《五号特工组》是一部立足于史料，进行合理虚构的作品。我写的是一个"洋抗日"的间谍故事，而且，第一次正面去写了"军统"。这当然是现行文艺政策比较开放的结果，这是好事。文艺创作如果限制太多，势必会导致成果的苍白。

问：剧中两个日本女间谍，明显的有"断背"倾向，您是故意要制造这样一个噱头吗？

潘军绘画作品·乌盆记

答：不，我要表现的，是对战争的诅咒——战争把女人变得不像女人。

问：对这部片子，您有什么觉得遗憾的地方吗？

答：那太多了！影视是一门综合的艺术，至少是综合的劳动。我曾说过，剧组只有两种人，一种是酷似明星的人，另一种是酷似民工的人。我是工头。某一个部门不称职，就必然会带来遗憾。比如说，我们的美工、道具部门开始不好，因此需要作出调整；比如说，个别演员的表演缺乏深度；比如说，后期配音和音乐不理想，甚至有不少错别字和常识性的错误，这些都直接影响了作品的感染力。我会在今后的工作中努力克服这些，把遗憾减到最少。最让我难受的，是剧中关于战争和人性的刻画，被审查时勒令剪掉了！最后大结局，马云飞在衢州机场击毙酒井，原来有一个设计，酒井倒地之后，衬衫领子大开，马云飞便蹲下来把她的纽扣扣好。这个细节是说，作为战场上的对手，我必须消灭你，但作为女人，我要给你死的尊严。可是审查官员不这么看，说是模糊了阶级性、民族性。没办法，只得剪掉。

问：最近您的另一部电视剧《合同婚姻》，也即将摄制完成了，这部作品是否因袭了您同名小说的主题？

答：《合同婚姻》是根据我的同名中篇小说改编的，我写了剧本第一稿，因为时间关系，摘不开。这个戏的导演何群也是我的朋友，但剧本和小说很不一样，增加了人物和事件，将来的剧名或许不叫《合同婚姻》，说的还是婚姻的事，但小说里的“合同婚姻”，占的比例削弱了，观念也似乎往回收了。中国许多事情没道理，小说能这么写，话剧也能这么演，但电视剧就不许你这么拍。

问：它和《中国式离婚》有相似的地方吗？

答：相似的是大家都在谈婚姻，不同的是各有各的说法。

问：现在情感剧非常泛滥，您怎么看现在的这些情感剧？

答：所谓“泛滥”是因为做得不好，好的东西，无论什么题材，都还是好，多多益善。

问：您看不看韩剧？

答：不看，可能应该是我女儿那一代爱看的吧。

问：有没有兴趣写一部偶像剧？内地偶像剧质量老是上不去。

答：北京有人找过我，但被我拒绝了。我只做我自己感兴趣的东西。

问：听说，《五号特工组》要做续集？

答：有这样的考虑，目前正在酝酿之中。如果顺利，今年秋天可能投拍。我会颠覆一个怪圈，就是续集往往不如前集，我相信《五号特工组》续集会更好看。

作家最重要的品质是立场

——答《新安晚报》记者问

在采访潘军之前，很多认识潘军的人笑着告诉我，“潘军是很牛的”，但从这些人的语气中听出的绝对不是疏远和难以接近那么简单，他们所谓的“牛”有佩服甚至敬重的态度。从很多熟悉潘军的人那里也听过很多颇有传奇色彩的故事，那些真的都是传奇，尤其对于一个以作家身份作为社会角色的人来说，这些故事，譬如写作生涯半道下海，譬如在文联开会竟然戴着墨镜叼着香烟，而发起言来又滔滔不绝。

很难在没有见过潘军的情况下勾出一个潘军的形象，而网上的潘军照片，确实让人想起一个词：桀骜不驯——如同他的作品。也许就是这种豁达开放的人生态度才能成就今日的潘军。

——《新安晚报》记者蒋楠楠

问：您觉得自己是安徽文学的一哥么？或者说您觉得自己可

以作为安徽文学的一面旗帜么？安徽作为文化大省为什么总是显不出“强”呢？

答：“一哥”是什么意思？没听说过。至于“旗帜”一说，有点肉麻。文学不需要旗帜。一些文学机构实际上也是多余的。事实上，我是安徽文联专业作家中待遇最低的作家，月薪一千多元。我没有任何职称。这不怪组织，是我自己不想申报。除了户口，我不喜欢申报任何东西。历史上安徽这块水土不错，五四时期的陈独秀、胡适都是安徽人，但也就仅仅是安徽人。准确地说，他们是安

1993 年作家（在起）马原蒋、高丹、韩少功等在海口

徽籍的文化名人。现在的安徽算不算文化大省，我不知道。但一个黄梅戏是撑不了多大门面的。

问：所有对您的采访都说您从小就喜欢书，说您 1975 年高中毕业后去农村插队时就顾着看书了，到现在还清楚地记得那些书中有周立波的《暴风骤雨》和劳伦斯的《虹》。这是不是有些煽情？一个文人的童年兴趣真的那么重要么？

答：这是事实。《暴风骤雨》，是我从中学图书馆偷来的。除了这一部，还有巴金的《雾·雨·电》，还有 50 年代的《文艺报》什么的，偷了一麻袋。《虹》是我插队的时候，村里一个劳改释放人员送我的。这都是 1975 年前后发生的事情，我写过一篇散文，就叫

《窃书记》。

问:2000 年被出版界称为“潘军年”,您现在回头看看那些日子,觉得那些荣誉重要么?这种爆发式的荣誉当时给您的感觉是什么?

答:这只是一个巧合。2000 年之前,我的作品发表之后,基本上握在手里,没有顾得上结集出版。后来七家出版社不约而同地找来了,用他们的话说,我是一条漏网之鱼。所以加在一起就出了 16 本。一个作家出书是最正常不过的事,就像做服装的应该出服装,做鞋的应该出鞋,谈不上什么荣誉。

问:大家都说,如果熟悉潘军的人,会知道他是一个非常“有趣”、“有活力”、“想法很多”的人,我们很想知道潘军怎么评价自己的为人?

答:“我是谁”是一个哲学问题。我不想在报纸上讨论哲学。

问:您下过海,当过老板。有人说您在文联开会是戴着墨镜叼着烟,发起言来滔滔不绝。您怎么看自己的这种姿态?即便有这种不羁的性格,但您的人生中有特别重要的某些转折点么或者引路人么?

答:那几年我下海是因为缺钱。我觉得对于一个职业作家,钱是一个实际问题,那么就需要解决。在现实社会里,能够摆平事的只有两个东西:权力和金钱。在谋取权力和挣钱之间,我选择了挣钱。因为挣钱只需要卖力,谋取权力则往往需要卖身。有了钱,就可以安心写作。我的写作分为两类:一是欲望的写作,是我自己想写,有一种表达和叙事的欲望在驱使着自己,我需要满足。另一种是实用的写作。前者是精神寄托和生存方式,后者则为谋生手段。我没有意识到自己开会戴墨镜抽烟的姿态,但我觉得这个姿态还不错。

如果说有“引路人”一说,那应该是我故去的母亲。我母亲是个黄梅戏演员,她没有什么文化,但有着过人的天赋、骨气和善良。在我十七岁插队当知青的时候,她就告诉我:你只能靠自己。

问：您怎么看待自己这些年在文学创作上的得失？能从自己的观点概括一下您从事文学创作的态度和方式么？

答：一个职业作家只愿意遵从内心去写作。我不喜欢回顾过去，最大的愿望是希望自己还能写得更好。

问：有评论说您的长篇三部曲《独白与手势》之《白》、《蓝》、《红》奠定了您自己在文学界的潘军领域，甚至说《白》是 20 世纪中国成长小说的巅峰之作，您自己怎么看这个问题？

答：《独白与手势》是我在小说文本上的一次探索，我引进图画作为叙事的手段，作为尝试吧。这是我满意的方面。至于对《白》的褒奖式的评价，我也看见过，但这只是某个批评家的一家之言。一部作品出来，就是一个客观存在，我希望大家关注它，但不留意对它的评价。最近，最高法院终于收回了死刑复核权，这令我高兴，因为四年前我就在《死刑报告》中就此大声疾呼了。我在北大的讲台上也同样是在大声疾呼。

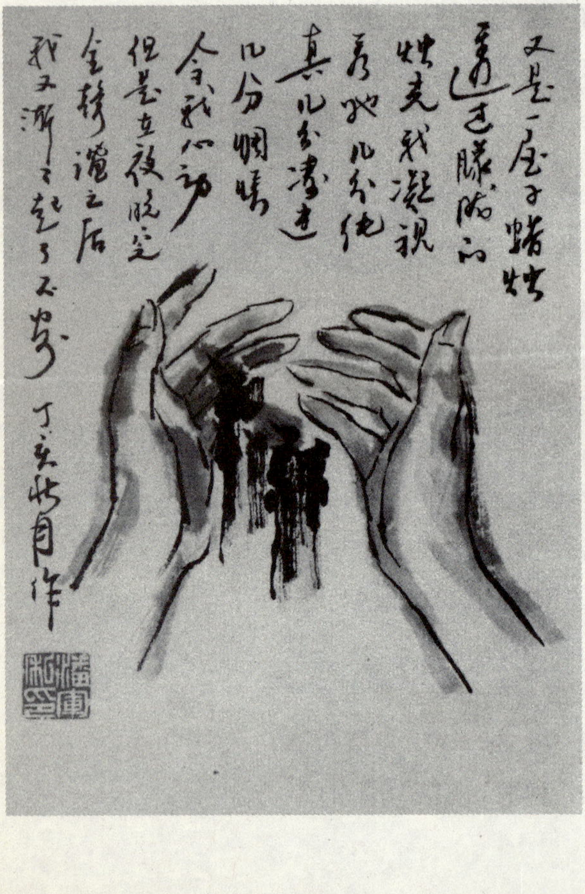

潘军绘画作品·独白与手势

问：您至今最满意的作品是什么？

答：我不喜欢回答带“最”的问题。

问：您去年在北京写了不少电视剧，您觉得现在中国的电视剧市场应该有更多的文学作者加入到剧本创作中么？您觉得作家写电视剧是因为纯作家的待遇不好么？

答：我做电视剧是“实用的写作”，没有多大成就感，也没什么好说的。如果早知道去年的股市这么牛，那我就该去炒股，一样赚钱嘛。当然，中国的编剧队伍薄弱是一个事实，有正经的作家加入编剧队伍，自然会提升电视剧的品质。但好作家都愿意写小说,那是他们的看家本领。

问:在您看来,文学边缘么?

答:我十分希望文学边缘。文学本不该这么热闹,不需要敲锣打鼓,那是明星们喜欢的。

问:怎么看文学的商业属性?譬如以评价两极的余华的《兄弟》为例谈谈。

答:作品本身就具有商品的属性,谁都希望自己的书卖得好。可是如果有一天自己的书真的卖火了,卖了百万册,那么,要是我,会感到沮丧的。因为我不相信会有这么多的人喜欢我的书。那这个事实意味着什么呢?可能就是我迎合了什么,这自然是悲哀的事。余华的《兄弟》在没有出版之前,陈村就发给我前两章,我就读了这两章,直觉是,这不是余华的水平。

问:您觉得先锋作家的定位适合您么?您怎么看待先锋小说这个概念?为什么您会以这种姿态被大家接受,和您的性格与经历有关么?

答:先锋作家是批评界的一种归纳。自20世纪80年代中期起,有一些青年作家受西方现代派文学思潮的影响,写出了明显有悖于传统文学模式的作品。如莫言、马原、余华、苏童、孙甘露等,也包括我,于是他们就成了先锋派。这种来自批评界的定位一定程度影响了读者对这些作家身份的判断,其实,这些作家都一直处于变化和调整之中,到今天早就不是那么回事了。先锋文学的意义在于它倡导了一种文学精神,并加以实践,对中国文学的发展是起了很大作用的。但"先锋作家"这件衣服,对我不重要。我更希望读者关注我的作品。

问:您比较欣赏的中外作家是哪些人?

答:外国的作家我比较喜欢的是卡夫卡、加缪、塞林格、陀斯妥耶夫斯基、福克纳、海明威、罗布·格里叶、博尔赫斯等等,我可以报出几十个。中国的作家我只喜欢鲁迅、沈从文。

问:近两年,余华很火,褒贬不一。您曾经说自己很重视对叙事的探索精神，您觉得余华是这样的么？简单谈谈您对余华的看法。

答：我和余华是老朋友，1984年《北京文学》召开笔会，从自然来稿中挑选出来的就两个小青年，海盐的余华和安庆的潘军。这么多年过去了，我们都是"奔五"的人了。我刚才说过，《兄弟》我没有看完，就小说叙事上看，我是不喜欢的。余华是位很优秀的作家，但每个作家未必都能使自己每一部作品优秀。舆论上说，这部《兄弟》是余华的"十年一剑"的结果，可我觉得这不是事实。《兄弟》显然写得很急就，否则就不会上部和下部分开出版了。

潘军和作家林斤澜·2003年

问：80后作家以一种近乎嚣张的姿态出现，甚至向一些公认的权威发难，您怎么看80后作家的存在？

答：我不觉得现在有什么"公认的权威"。以前我说过，这是一个大师缺席的时代，或者说是"大师"泛滥的时代。最近在网上看到王朔在骂"80后"，比如郭敬民。我没怎么接触过"80后"的作品，但郭敬民的抄袭是可耻的。我女儿潘萌属于"80后"，她的文字还不错，也有一些想法。好在她不嚣张，很安静。任何一个作家都是靠作品来证明自己的，我希望80后多出作品，出好作品，出足以把50后、60后、70后作家统统打倒的作品，那么，等那一天真的到了，他们可能什么话就都不说了。

问：易中天和于丹借助电视媒体《百家讲坛》焕发了自己的第二春，您怎么看现在这种对传统文化包括经典的重新解读？

答：事实上他们没有第一春。以前没有人知道他们。学者利用电视媒体，向大众传播课堂上的教学，这是件好事。但有一个事实必须说清楚，就是，讲学属于教员干的活，不是学者的事。一个学者的最好归宿应该是在书房里、图书馆里。既然喜欢上电视，做名流，那就不要顶着学者的名分。所以大众在他们的书中，更多的看到的是历史常识与掌故——所有的历史书中都能找到，但见不到学问。所以他们后来也不想做学问了，都忙着去做什么代言人了。

2006 年与陈凯歌在上海

问：您写过著名的《重瞳》，你本人是否也有想要走上《百家讲坛》的愿望么？

答：偶尔上电视当一回教员可以的，就像我偶尔也去某个大学演讲。但不可能长期这么干。因为我还想做小说家，不想做教员。

问：您曾经批评过贾平凹不是小说家，但一直没有正面回应过这个问题，现状能谈谈么？

答：我是根据我对小说的理解才提出，贾平凹不是小说家的。他的小说不过延续了明清话本的东西，对小说自身的发展，没多大价值。这纯属个人的学术观点，没有一点偏见。我认为贾平凹是一个不错的散文家，这并非是说，小说比散文了不起，反倒是说做散文家更难。古人说“文章老更成”，这“文章”指的是散文，不是指小说。

问：对张艺谋的电影您持什么态度？

答：我和张艺谋曾经有过几次接触，因为合作上谈不拢，就算了。张艺谋以前的电影，都是拄着小说家的拐杖前行的，所以他取得了成功。为什么？因为，张的缺陷一直是在文化上，他的表达能力没有问题，问题是在理解能力上。以前有小说蓝本，那么故事的意味就比较清楚了。可一旦撇开了这根拐杖，他就显得手脚无措。比如说《英雄》，企图阐释的是：胸怀天下者即为英雄。那么我就需要质问：以此逻辑，阿道夫·希特勒是不是英雄？任何一个独裁者都是胸怀天下的。这是什么逻辑？张艺谋后来一味地商业化运作，我觉得可惜。他插手那么多他根本不懂的活，比如歌剧，比如芭蕾舞，比如印象剧，比如开幕式等等，就是可笑了。他不可能什么都"著名"吧？但这个世界往往就是很容易被糊弄。

问：那么，对陈凯歌的《无极》呢？

答：陈凯歌曾经想拍我的《死刑报告》，但是选题在电影局没有通过。中国有许多令人费解的事，小说可以出，但根据这个小说改编的电影却不容许拍。后来他又约我写一部知青的题材，投资商又没有什么兴趣。可见，在中国做电影不是件轻松事。他的《无极》，我没有看，后来陈红送了我一盘碟，我还是没有看。没有看不是因为没有时间，是不想打开这个"潘朵拉的盒子"。在与陈凯歌的多次交谈中，我的感觉，他一直是想做出自己心中的电影，他也应该有这个能力。只是，他没有做出来。大家怀念的还是他的《黄土地》和《霸王别姬》。

问：您曾经说如果在一个孤岛上只可以带一本书，您选择的是新华字典，原因是"我们这些作家，识字很有限"，这话怎么理解？

答：这是我个人的切身体会。我本人认字就有限，至今还是字典不离手。

问：您觉得一个作家最重要的品质是什么？

答：立场。写作的立场。

问：您觉得安徽文学在当代中国的位置是什么样的？或者说您怎么评价安徽文学的现状？有您欣赏或者看好的作家么？

答：我目前是旅居北京，客籍他乡，对安徽的文学现状不甚了解。作为安徽人，我当然希望安徽能出有影响的作品。

问：近期有什么创作上的打算？

答：在写小说。可能是一个长篇吧。但不知道什么时候能够完成。

问：现在出版物鱼龙混杂，对大家尤其是初上文学之路的年轻人读书有什么自己的经验之谈和建议？

答：读自己喜欢的。拿起来放得下的不读，只读拿起来放不下的。以谈恋爱的心情去读书是享受。

问：虽然已经著作等身，但就您个人而言在文学追求上还有什么具体目标么？

答：我写作至今已有二十五年。我希望自己能写得比以前好一点，如果有一天发现确实写不好了，那我就不写，画画去。就这点出息。

与“文学比邻”的几次谈话

一

时 间：2008 年 1 月

地 点：杭 州

谈 话 者：张晓红（《江 南》杂 志 编 辑）

张 晓 红：我们《江南》有一个栏目，叫“文学比邻”，不知道你可留意了？

潘　军：我对《江南》的小说不大在意，好像到了现在这个年纪，基本上不怎么看小说了。但这样的栏目我是关注的，觉得好看，听说是鲁渤主持的？

张晓红：对。所以我这回向你组稿，想请你谈谈你做影视方面的事情，"比邻"一下。正好，你带《海狼行动》剧组来杭州拍外景了。在杭州拍哪些镜头？

潘　军：主要是去杭州玻璃厂拍老火车头。

张晓红：那老火车头根本就不能跑了呀。

潘　军：我们用内燃机车头在后面顶着它跑，前面放烟。

张晓红：去年八月里你来杭州为《五号特工组》作宣传。这部戏在杭州播得很火，收视率是第一。

潘　军：在全国绝大多数城市的收视率都是第一。这个我有数，开拍前，我在上海举行的新闻发布会上说，我就是要拍一个大家觉得好看的"洋抗日"的故事。当时有人私下里觉得我这话有点大，因为一部电视剧的收视率上去是很难的，跟一本书卖火一样。

《海狼行动》工作照

张晓红：可是我印象中你的小说印数都不是很大。

潘　军：没错。最大的也就是《死刑报告》吧，开印六万册，后来不印了，结果盗版满街飞，我就收藏了四个"版本"。其实，我成不了一个畅销书作家，我希望自己能成为一个"常销书"作家。每年有一部分读者愿意买我的书。假如有一天我的小说卖火了，反倒让我不安了。

张晓红：为什么这么看？

潘　军：因为这是两种完全不同的东西。电视剧就是一个十分通俗的大众化的东西，老百姓不看，你给谁看？小说，至少我自已的小说，其实是写给自己和一些朋友看的，或者说是给同道的读者看的。是自己的一种叙事欲望的满足。前者，我称之为"生活需要的写作"，后者则是"内心需要的写作"。我拍电视剧，有些读者是不满的。我感谢这样的读者，只能请他们谅解。

张晓红：你送我《五号特工组》的碟，我是连熬了几个夜看掉的，确实还很好看。故事情节很扣人，台词也不错，拍摄制作都还比较讲究。

潘　军：但你绝对不会指责我拍得不深刻吧？这就和小说不同嘛。

张晓红：我记得你不止一次地对我说过，就你个人的素质和知识结构，你更适合去做一个导演。以前我没当回事，现在看起来，这话是有道理的。你是作家，从小生长在一个黄梅戏的家庭，在戏园子里长大的，熟悉舞台。你给《水边的舞台》写的那篇序言，几个朋友看了，都说好。

潘　军：你母亲是越剧演员，我母亲是黄梅戏演员，所以，我写那篇序言，完全是有感而发。对于她们那样的"戏人"，从走下舞台那天起，她们的人生谢幕实际上就已经完成了。

张晓红：你最初又是学画的，在中国作家中，你的画应属上乘。《江南》今年第一期就用了你的几幅画，我听到的反映还挺好的。我特别喜欢那幅《断桥》，寥寥几笔，让人很有感触。

潘　军：可能这也与我们的"舞台情结"有关吧。那个瞬间你可能仿佛听到了你妈妈在唱"西湖山水还依旧"。1977 年，中国高考制度恢复，我报考的就是浙江美术学院，成绩不差，身体都检查了，可是那一年还讲政审啊，我父亲是没有被平反的"右派"，结果他们没有要我。有时候我想，如果当初的浙美录取了我，我会成什么样子。估计也未必当一辈子画家。

张晓红：你做导演的另一个原因，是你本人还能演戏。

潘　军：我在大学三年级的时候，是 1981 年，写了一个独幕话剧《前哨》。也是自编自导自演，在剧中饰演鲁迅先生。这个戏后来获得了首届全国大学生文艺汇演的一等奖。那一年是鲁迅先生诞辰一百周年。

张晓红：我看过宗仁发写你的一篇随笔里提到，你还演过周恩来。看来你特别喜欢演历史人物。《五号特工组》中你演的是戴笠，也是我们浙江江山人。

潘　军：那次是客串一下，这回的《海狼行动》，我还是演戴雨农，有六十多场戏呢，开场的序幕就是，1937 年 12 月，南京政府撤离的前夜，戴笠一脸的沮丧。这次来杭州，除了拍老火车头，还到法华寺去拍了戴笠进香的一场戏，寺里的住持告诉我，历史上，戴笠曾经三次到这里来进香的，所以对剧组十分热情，以至于让我们把“大炮”（升降车）都支进了大雄宝殿，面子给大了，不是我的，是戴老板的。

在《海狼行动》剧组人员在一起

张晓红：那天我和英姿、李杰去探班的，你当时正扮着呢。

潘　军：对对。其实，剧中描写的是 1943 年的四川的慈云寺。选景的时候，我发现法华寺的感觉非常好。没想到历史上戴笠还真的到过这里。

张晓红:你刚才说,你拍的是“洋抗日”的故事,怎么说?

潘　军:过去我们接触的都是些“挖地道、埋地雷”的土抗日嘛,这个游击队,那个游击队。一场八年抗战哪能都靠游击队呢?全中国的游击队能消灭多少日军的有生力量?一个旅团还是一个师团?不符合历史真实啊。所以,我写了一个中间力量,一群“海归”的爱国青年,住在上海的法租界,有着体面的上流社会的身份,既跟中共地下组织合作,也跟“军统”联手——当时的政治背景就是国共第二次合作。他们一起对付日本宪兵司令部的特高课和汪伪的“76号”。类似这种事情在当时是有的。比如说,1937年8月14日,“淞沪会战”爆发的第二天,中国空军第一次在上海上空与日军作战,旗开得胜,六比零的战果,高志航等飞行员都是从海外回来的,那一天就被后来的国民政府命名为“中国空军节”。

张晓红:《五号特工组》里,每个单元都是有一个大事件的背景,你是有意这么处理的吧?

潘　军:对,我计划拍一个“谍战三部曲”,按时间顺序来结构。第一部《五号特工组》,从1937年的“卢沟桥事变”写到1941年的‘珍珠港事变“;第二部《海狼行动》,写到1943年的“开罗会议”;第三部叫《捉放曹》,写到1945年的“重庆谈判”。我想把那八年抗战里发生的大事件都放进去,这样,八年抗战的轮廓大致就描绘出来了。

张晓红:这应该很有意思。

潘　军:其实我也是满足一个“玩”的心态。拍这些东西,打打杀杀的,很好玩。间谍题材和爱情、死亡一样,大家永远都爱看,《007》不是已经拍几十年了吗?

张晓红:可我从你新出版的小说集《戊戌年纪事》的序言和后记里,也看到了你的忧虑。你说,你担心作为“编剧和导演的潘军,会掩盖从前那个作家潘军”。

潘　军:这种忧虑自然是有啊!我刚才不是说了吗,我的写作分为两类。我这些年就是在这两类写作中来来往往，跨过来，跨过去。你还记得我们第一次见面的情形吗？

张晓红：当然记得，那是在1998年秋天，我到北京向你组稿，你住在亚运村那边的一个酒店里，也是在为别人搞影视吧。

潘　军：是啊，当时是在拍一个叫做《对话》的电视电影，也是自编自导。等这件事做完了，我又返回去写小说了，而且一发还不可收，写了一批小说。比如长篇三部曲《独白与手势》，比如中篇《秋声赋》、《对门·对面》、《重瞳》以及给你们的那个《关系》，短篇像《和陌生人喝酒》、《寻找子谦先生》等，都是在那个时期写的。到了2000年，全国七家出版社——包括浙江文艺出版社，不约而同地出版了我十六本书。这些小说不可能是一年写的啊，都是写完了，发表过了，搁在那里没理会，因为去忙影视了。等忙完了，才回过头来打理书稿，凑一块了。

张晓红：那阵子忙完了，你是不是又去写电视剧了？

潘　军：没错，一气写了两个剧本卖了。正好那时我母亲得重症，需要大笔的钱，只能去卖剧本了。直到2004年，我才有状态写了长篇小说《死刑报告》和中篇小说《合同婚姻》、《犯罪嫌疑人》等。

张晓红：你写小说很看重状态？

潘　军：是，我很看重。如果状态不好，我无法写作。我们这些作家，写作历史都是二十几年了，也出了几十本书，多少不重要，重要的是好坏。写小说是一个人的战争，是自己跟自己较量，这就永远面临着一个问题——你是否能够写得更好？如果不能，那何必要写？说实话，我一直在怀疑自己还能不能写好小说。写作的路应该是越走越窄才对。

张晓红：是否也有一个被金钱诱惑的问题？

潘　军：当然有啊！有一天，有人敲开你的门，拎着一旅行包的钱，让你给他写电视剧。如果这个时候你正在写小说，你就应该说不。你说不了不，那就只好被这些商人牵着走。

张晓红:你遇见过吗?

潘　军:去年秋天,我在家里重新修订《独白与手势》,利用水墨的形式把小说的图画部分重新做一回,你知道,那部小说我是把图画引进了小说叙事的,使之成为叙事的一个层面,我画了一百六十多幅。那当儿,就有人上门来约我做电视剧了,说潘军老师,《海狼行动》之后帮我们公司做一部吧,这是给您的订金。我说,我现在做不了。那人就问你什么时候可以做?我说等我想做的时候再通知你吧。其实也就推了。如果不推,我就被他们牵着走了。

张晓红:我觉得你做导演不完全是为了钱吧?

潘　军:主要目的是为今后做电影热个身。我当导演的念头,是在我和国内的一些大牌电影人陆续接触之后,树立起来的。一次谈话,彼此心里就有数了。我知道他们的能力、水平在什么位置上了,因此我的小说电影版权一个没卖。

张晓红:那你打算什么时候拍电影?

潘　军:这个还真说不好。电影市场不好,投资人胆战心惊。另一个原因是我们的电影审查制度还不宽松,我想做的,往往是通不过的;而能通过的,往往没意思。陈凯歌不是一直想拍我的《死刑报告》吗?送了几次,没通过。那就去拍《梅兰芳》吧。还有一个消息告诉你,就是话剧《重瞳——霸王自叙》很快要上演了。

张晓红:这是个好消息。剧本首发在《江南》上,到时候我们要去北京看戏。

潘　军:那我们下次就在北京见吧!

二

时间:2008 年 1 月

地点:上海松江

谈话者：女儿潘萌

潘　萌：去年第一次去片场探班的时候，愣是没认出你来。那个穿着大背心、捧着大瓷缸蹲在监视器面前的那个人还是我爸吗？昨天我跟你去片场，感觉你比去年夏天拍《五号特工组》的时候辛苦多了。连执行导演都没有，什么事情都亲自张罗。《五号特工组》你只拍重场戏，对其他的戏给执行导演提出要求，余下的工作就是看景了。

2006年上海拍摄《五号特工组》女儿潘萌来探班

潘　军：其实导演就是一个不折不扣的体力劳动者。我说过，片场就两种人，一种是酷似明星的人，另一种是酷似民工的人。我就是一个民工头嘛！基耶斯洛夫斯基就是被累死的。他死的时候不过五十多岁。他说对于导演，并不意味着鲜花掌声，而是经常早晨六点起床，和雨水、水泥之类的东西打交道。你看，这不是民工头吗？（这篇谈话在整理期间，又得知拍《英国病人》、《冷山》的导演安东尼·明格拉去世了，终年五十四岁）

潘　萌：去年的《五号特工组》赶上个高温季节，今年的《海狼行动》又是个几十年不遇的大雪天，全给你赶上了。可我知道，你有一个“电影梦”。你现在拍电视剧，不过是练手热身吧。你说三十年前进安徽大学，从图书馆借出的第一本书就是关于电影导演方面的。

潘　军：是前苏联导演库里肖夫的《电影导演基础》，比砖头还要厚。

潘　萌：你把这本书差不多都抄下来了，包括那些插图。我小时候就看过你那个笔记本，黑色的封面。

潘　军：那时我就有点跃跃欲试。我小时候在《大众电影》上看见过崔嵬拍摄《青春之歌》的一幅工作照，是棚里的，边上支着摄影机和许多灯光器材，还有人在“下雪”，我就对这种生活十分痴迷，也仿佛觉得自己会拍电影了。还有一个有趣的例子，就是当我看一部电影院即将上映的新片子时，知道了故事情节，就私下里根据自己的想象安排起了演员，结果还真蒙对了不少。比如说《英雄虎胆》，于洋、王晓棠，包括张勇手，我都猜对了。

潘　萌：你历来很在意演员的表演。我从你的随笔里看见，你说好演员有两类：一种是个人魅力型的，比如赵丹、金山；另一种是演技型的，比如石挥、蓝马。你还提到了《英雄儿女》中演政治部主任的田方。

潘　军：就是田壮壮的爸，好演员，可惜早去世了。

潘　萌：那么，达斯汀·霍夫曼与罗伯特·德尼罗也是两类？

潘　军：他们也是两类。我更喜欢演技型的。

潘　萌：对所谓“本色演员”呢？

潘　军：本色不过是一个方便。

潘　萌：那天在剪辑房，看见你这回演的戴老板，演技有所提高啊。

潘　军：其实我不是在“玩票”，觉得这也是与演员沟通的一种方式。

潘　萌：我一点都不怀疑你能做一个好导演。我也知道你不会永远拍电视剧，你实际上是在把电视剧当做电影来拍啊，你每一场戏的镜头都很丰富，这完全是电影的手法嘛。看你这两次都搭了那么多的景，老飞机啊、旧轮船啊、老火车啊，还真跟拍大片似的。昨天我去你的主场景——船底舱，简直被镇住了，很多管道仪表什么的都是真的。

潘　军：上回来了一群记者，也很惊讶。就这场景，花了二十万。

潘　萌：还有光，很讲究的，吊了那么多的灯啊！

潘　军：有近七十盏，每天用电量在十万度以上。

潘　萌：电视剧需要这么讲究吗？

潘　军：电视剧通常是一卖故事，二卖演员。有的戏故事弱，靠演员来拉动人气，所谓“人保戏”，另一种是故事好，演员大致符合，就可以了，所谓“戏保人”。但制作上还得考究一些。我走的是后一条路子。

潘　萌：我知道你想做自己的电影，比如《我的偶像崇拜年代》、《秋声赋》这样的，也未必做得了。

潘　军：那就安心等待吧。中国有很多事情都是等出来的。不能拍，就观摩吧。经常看看碟也挺好。我自信还能看出一部优秀影片的好来。这就跟写作一样，你先得去读书，读出了别人的好，就有了一些自信。前些天我又把安东尼奥尼的《放大》看了一遍，结尾那个哑剧用得实在好，仿佛是一个哲学意味——存在与虚无。还有，去年的《通天塔》，也很好。

潘　萌：这部片子我也很喜欢。名字实际上叫《巴比伦塔》，从《圣经》上拿来的，人类原本是可以修一座“通天塔”的，结果让上帝害怕了。于是上帝就用不同的语言来使人类造成隔阂，彼此不能沟通。于是半途而废。西方很多电影都从宗教里面找素材。

潘　军：但人类的隔阂恰恰是人类自身造成的，语言的障碍已经不重要了。政治、文化、种族、信仰等，都是造成这种难以沟通的原因。

潘　萌：奥斯卡却颁给了西科塞斯的《无间行者》，很不公平。

潘　军：西科塞斯是该得奖的时候被奥斯卡冷落，如今却被愚弄了一回。他的《愤怒的公牛》、《出租汽车司机》拍得多好！

潘　萌：1997年你去海口拍摄《大陆人》，应该是你第一次当导演吧？还记得当时什么心情吗？

潘军：对。但我心里已经很有底了，所以上手就是二十六集。心情嘛，跃跃欲试啊！

潘　萌：我记得你们开机的那一天是个特殊的日子，邓小平逝世，我一早就给你打了电话，好像是五点钟。

潘　军：2月19日，在广州开的机。

潘　萌：那部片子前两年我还在电视里碰巧看过两集，应该说，在那个时期，能拍成那样子就很不容易了。

潘　军：那部片子很可惜，由于和投资方谈不拢，所以后期我没有做。

潘　萌：后期很重要啊。都说是"三分拍，七分剪"。

潘　军：现在想起来还觉得有点遗憾。

潘　萌：你曾经劝我可以学学剪辑。

潘　军：我觉得剪辑这项工作很有趣，而且很适合女孩子做。好莱坞的"三驾马车"，指的就是导演、摄影和剪辑，不包括美工。

潘　萌：或许就是因为这个吧，我这次去美国留学，最后决定还是去读电影。

潘　军：但我不希望你今后去做导演，太辛苦，辛苦得一点美感都没有。

潘　萌：我申请的学校有个新项目，是关于国际电影交流与电影文化传播方面的，我很感兴趣。当然，我也会写小说，写剧本的。对了，有一家出版社想约我们写一本关于电影的书呢，就是想让我们共同看上十部电影，各写各的，合成一个随笔集。你有兴趣吗？

潘　军：有兴趣，但估计暂时没时间。《海狼行动》拍完，接着要做后期。明年计划做第三部《捉放曹》。

潘　萌：你做历史剧方面的本事我们都见识了，那当代题材呢？

潘　军：我已经在考虑做一个当代戏，就是把《从前的院子》等几个小说放到一块，打算拍一个跨越几十年的东西。名字就叫《从前的院子》。

潘　萌：你的《合同婚姻》已经在播出了。

潘　军：是何群拍的，我还没看到。但剧本我只写了一稿，因为当时在上海拍《五号特工组》，分不了身。现在的剧名已经不叫《合同婚姻》了，叫《婚姻背后》。

潘　萌：为什么要改呢？

潘　军：说是审查通不过。

潘　萌：奇怪啊，小说和话剧都叫《合同婚姻》嘛，怎么电视剧就不行了？

潘　军：这也是中国特色啊！

潘　萌：我看过你写的几篇电影随笔，关于伯格曼的，关于基耶斯洛夫斯基的，关于科波拉的、奥里弗·斯通的、斯皮尔伯格的、马丁·西科塞斯的，还有拉兹·冯特艾尔、朱佩塞·特纳多雷、阿姆多瓦，反正有不少。这其中，你好像最喜欢基耶斯洛夫斯基和拉兹·冯特艾尔。

潘　军：我觉得他们的作品和我心目中的电影一样。

潘　萌：但在中国，这样的电影可能没有市场。

潘　军：这是一个问题。

潘　萌：我的大学毕业论文想写世界女性电影，给我推荐几部吧，看看我们想得是否一样？

潘　军：《蓝》、《钢琴课》、《黑暗中的舞者》、《教室别恋》。

三

时间：2008 年 3 月 9 日

地点：北京寓所

谈话人：刘聪玲（中央人民广播电台记者）

刘聪玲：那天在中国国家话剧院举行的《霸王歌行》的新闻发布会上，你有句话给我的印象很深。当时你说，你的写作分成两类，一是谋生的写作，另一种是内心的写作。你把话剧视为后一种写作，能具体谈谈吗？中央人民广播电台的神州之声“文化时空”栏目，有一个版块“名家访谈”。

潘　军：话剧是属于文学的，一个作家只有发自内心地写作，才称得上是写作。这种写作不属于大众，只属于自己，属于朋友，属于那些和你精神上达到默契的读者或者观众。它是一种同道的东西，是小众的。至于另一种写作，其实就是谋生的手段，比如写畅销书，写电视剧之类。你今天上我这里，在北京能买上这样一套房子，小说是难以实现的，但电视剧可以做到。

话剧《霸王歌行》剧照

刘聪玲：你去年自编自导的电视剧《五号特工组》，可以说是大火荧屏，我听到的观众反映都不错。

潘　军：这就对了，电视剧是个通俗的东西，你必须要让大家喜欢，这是起码的目标。但我真正喜欢的还是小说和话剧。

刘聪玲：电影呢？

潘　军：如果是按照我自己意愿拍的电影，当然也会喜欢。

刘聪玲：不过，《五号特工组》看得出你也是下了工夫的。

潘　军：我这个人做事情心气很高，既然你染指了这行，那就尽心尽力去做好吧。

刘聪玲：这次的《海狼行动》觉得怎么样？

潘　军：就剧作和拍摄而言，品质上应该是超过《五号特工组》的。目前前期拍完了，2 月 26 日在上海封镜。第二天我就赶回了北京，来参加《霸王歌行》的新闻发布会。

刘聪玲：在学术界，您一直被认定是先锋作家，从小说《重瞳》到话剧《霸王歌行》，作品的先锋性也是很突出的。能谈谈这个"先锋"吗？

潘　军：所谓先锋，我觉得本质上是在坚守一种文化立场和文化精神。从小说到剧本，都保持了"第一人称"的叙事，实际上就是项羽这个幽灵的口述史。我满意的一点，是我并没有去篡改历史对项羽的史料规范，《项羽本纪》里的史实全在，但是我寻找了一种新的解读的可能性，也就重新塑造了一个新的霸王。你会发现，那些大家耳熟能详的典故都在戏中体现了，但看法和以前完全不一样，颠覆了，这与原著和剧本的精神层面达到了一致。

刘聪玲：这个戏虽然带有浓重的先锋试验性质，但在主题思想、人物性格乃至情感上，还是给人以震撼。

潘　军：形式是为内容服务的，这种朴素的美学思想我视为真理。纯粹的形式主义是没有意义的。其实即使是当年我写的试验小说，也都是有内容的。我没写过纯粹形式的东西。《霸王歌行》通过项羽自叙的一生，揭示了一个悲剧宿命；揭示了政治、权利和人性之间的较量和挣扎。

刘聪玲：在新闻发布会上，您曾说：历史上爱项羽的只有两种人——文人和女人，而李清照是二者结合的典范。男人难道不喜欢项羽吗？

潘　军：当然这是一种表达的方式了。我觉得在中国乃至世界男人的心中，那种成王败寇的价值取向至今没有改变。这就是我们今天演《霸王歌行》的意义所在。

刘聪玲：您对导演的某些处理怎么看？

潘　军：王晓鹰是一位出色的话剧导演，我看过他的《萨勒姆的女巫》和《哥本哈根》，都很棒。这次的《霸王歌行》，他的探索姿态更有胆识，比如说引进了京剧的元素，乃至民间"双簧戏"和"独角戏"的元素，比如让一个演员去串演十三个角色，比如把中国画的写意和后现代艺术的装置安排到一起，进行了拼贴，比如

2004 年北京人艺演出《合同婚姻》海报

运用了多媒体手段，这些合成起来，构成了一种新的戏剧语汇，既有民族的、古典的韵味，又有现代艺术的审美气息。

刘聪玲：也有人对京剧和话剧混合、舞台上的“鲜血淋漓”表示异议的。

潘　军：这很正常啊。但凡一部优秀的作品，大都是有争议的。只有平庸的东西众口一词。但是，我也发现有人是没有看明白的。比如说，项羽和虞姬乌江相逢，项羽对着疾驰而来乌骓马大喊一声“吁——”，然后项羽才说“请问姑娘芳名？”而虞姬则俏皮地回答：“我的名字其实你已经知道了。”虞姬谐音把“吁”和“虞”等同了，这个细节小说中就有，都觉得是很精彩的一笔，但居然有人没看明白！京剧的元素，剧本中原来就有体现，包括梅派的那段脍炙人口的经典唱腔和“夜深沉”的剑舞，我认为必须用进来。王晓鹰支持了这个做法，做得很好。至于“鲜血淋漓”，我觉得效果很好，有视觉的冲击力。

刘聪玲：对演员的表演，您怎么评价？

潘　军：房子斌饰演的项羽符合我的想象，他的表演充满激情与悲怆，收放有度，很大气；刘璐是梅派青衣，正读研究生，能在话剧和京剧中自由穿行，已经很不容易了。她的“圆场”、“舞剑”、“念白”和唱腔，都是不错的。特别是张昊，一个人饰演了范增等十三个角色，这是王晓鹰的创造，更是张昊的成功。为了感谢这台演员，昨天我给他们送了小说《重瞳》和我的最新出版的小说集《戊戌年纪事》。

刘聪玲：几年前，你的另一部话剧《合同婚姻》由北京人艺演出后，立即在京城引起了轰动，那些天街头巷尾经常能听到大家在议论这出戏，甚至有些台词一时间成了流行语，比如“男女之间手摸不到的地方就是远”。

潘　　军：这个戏是北京人艺的保留剧目，他们每年都演。去年“五一”期间还要加座。最近哈尔滨话剧院也在演出，据说效果也很不错。

2008 年哈尔滨话剧院演出《合同婚姻》

刘聪玲：这说明《合同婚姻》引起了共鸣。

潘　　军：我的愿望是希望通过这个戏，让大家对婚姻制度重新思考一番。我个人觉得，婚姻是人类最大的败笔。这个制度有待于修正、完善。《合同婚姻》也改成电视剧了，但效果估计没有话剧那么强烈。审查的时候连名字都改成了《婚姻背后》，说“合同婚姻”挑战了《婚姻法》——《婚姻法》难道就不能挑战吗？我挑战的是整个人类的婚姻制度呢！

电视剧《婚姻背后》

刘聪玲：我想知道，你最近有关于小说创作的计划吗？

潘　　军：暂时还没有，担心自己的状态不好。

刘聪玲：不少读者期待着读你的小说呢。

潘　　军：写小说是越到后面越怵，感觉就是在登一座象牙之塔。一个作家写小说是需要足够的勇气的。

刘聪玲：为什么这么说？

潘　军：你会觉得步履艰难。既然是象牙之塔，那就不会是坐电梯上去的——那是现在杭州重建的雷峰塔了。

四

时间：2008 年 3 月 14 日

地点：北京寓所

谈话者：女儿潘萌

潘　萌：首先得向你表示祝贺，今晚《霸王歌行》在东方先锋剧场的首演很成功！这出戏早就听说要排，几年没消息，现在突然就搞出来了，很意外。

潘　军：是啊，剧本在 2004 年就写出来了，发表在《江南》2005 年第一期上，这是《江南》自创办以来首次发表剧本。

潘　萌：你的话剧《地下》不也是《北京文学》破例发表的吗？

潘　军：应该是，虽然几十年前他们还发表过吴晗的《海瑞罢官》。2004 年我写了两个话剧，都是根据自己的中篇小说改编的，除了这个，就是《合同婚姻》，交给了北京人民艺术剧院，他们当年就上演了。但《霸王歌行》却迟迟不动，现在终于上演了，也算是好事多磨吧。

潘　萌：看来除了“电影情结”，你还有一个“话剧情结”。这一说，又聊到你在大学时代了。直到现在，我还经常听见老师们谈起你在大学里的《前哨》。

潘　军：我喜欢话剧，话剧属于文学。

潘　萌：我在网上看见，哈尔滨话剧院也在上演你的话剧《合同婚姻》。

潘　军：他们给我发过邮件，我没有收取他们 20%的票房提成，让他们把这笔钱捐给艺术学校，给学生们买点书籍资料。

潘　萌：这事很好。

潘　军：《合同婚姻》的话剧，中央戏剧学院的毕业演出也演过。

潘　萌：《霸王歌行》是你起的吗？我怎么觉得原来不叫这个名字啊？

潘　军：名字原来是小说的副题，叫《霸王自叙》，我就是利用“口述历史”这个形式嘛。舞台上其实有两个项羽：一个是故事的讲叙者，那是个幽灵；另一个则是历史中的项羽，剧中人的项羽。我还在剧本中提示过，项羽身着一件红黑两面的斗篷，黑的表示幽灵，红的则进入历史。

潘　萌：现在舞台上这件斗篷还有，但并没有包含你的这种暗示。你最初的剧本里就有京剧的元素，包括那段梅派的经典唱腔，这些现在都体现出来了。

2008年话剧《霸王歌行》首演与女儿潘萌在海报前合影

潘　军：对，我就是想把京剧的一些东西溶进去。

潘　萌：最后谢幕的时刻，您上台接受鲜花，并代表剧组全体人员上台对观众致辞——那句话讲得挺好：感谢在座的每一位观众，因为你们的存在，使这个夜晚成为了中国艺术的不朽之夜。那种激动看上去很真诚，至少我有点感动。

潘　军：我的确有些激动。那一刻我多少有点荣誉感，这是电视剧不能带给我的。

潘　萌：王晓鹰导演还是下了不少工夫的。一些处理，特别是让张昊一个人来扮演范增等十三个角色，这个设计很大胆。观众的反映也非常好。

潘　军：王晓鹰最初还打算把它排成一个独角戏呢，但想想还是觉得没有可操作性。后来我们又设想把它做成一个大剧场的，可是那样一来，又怕跳不出以往“历史剧”的窠臼。当然，这里还有一个国外演出的问题，出去那么多人，接待是问题。

潘　萌：看来一个成功的话剧，背后有很多的设计和构想，真不容易。主创们反复论证，演员也很努力。最后的“别姬”，我看见刘璐满面泪痕，弄得我也受到了感染。报纸上说这个戏还得搞一个“海外版”？

潘　军：那是为“中日韩戏剧节”准备的。

潘　萌：那其中的这些“中国元素”是针对这个做的吗？

潘　军：不是针对这个。我听导演说，所谓“海外版”将引进日本的歌舞伎和韩国的唱剧因素，届时三国演员同台演出。

潘　萌：张广天的音乐设计不错，有楚歌的气势和韵味。特别值得一提的，是刘科栋的舞美设计，简约、大气。悬挂的宣纸上随着剧情的发展不断“流出鲜血”，给人震撼，且不突兀。还有舞台前面陈设的头盔、铠甲、青铜剑，有一种走进博物馆看展览的感觉。

潘　军：但其中陈放的一只马头错了，应该是一只马鞍。刘科栋选择了现代三原色——黑、白、红。他把中国画的写意和西方现代艺术的装置结合在一起，很好的。你有哪些不满足的地方？

潘　萌：有两点意见和一点担忧。一是张昊饰演十三个角色，创意很好，但很抢房子斌的戏，经常引起笑场，这就冲淡了这个戏的悲情与凝重；第二，京剧的韵白和“小白”处理上，给人的感觉很随意。

潘　军：这我有同感。担忧呢？

潘　萌：我同意你关于“历史是作为一种书写存在于人心的”观点，因此，《霸王歌行》绝不仅仅是个普通的“历史新编”，可以说它改变了“历史剧”的范式，除了优美新颖的形式和激动人心的情节，我想精华还在于它在思想上的深度，对项羽，对英雄，乃至对中华民族的传统思维都进行了重新解读。但是这个新解，是针对旧的而成立的。如果观众对旧的了解甚少,那么新的又何从谈起?

五

时间:2008 年 3 月 28 日

地点:北京丽亭酒店

谈话人:饭塚容(日本中央大学教授,《幕》杂志主编)

饭塚容: 潘军先生,2004 年 3 月我来北京,正逢你的话剧《合同婚姻》由北京人民艺术剧院首演;这次我来前,在网上就注意到中国国家话剧院正在演出你的新戏《霸王歌行》,所以我预订了这个离剧场较近的酒店。看来我们还真是有缘分啊!我这次来,主要就是想了解一下中国当代的话剧,目前我除了教书,还担任日本戏剧杂志《幕》的主编。

《霸王歌行》剧照

潘　军: 我写小说的时候,你在编文学期刊,组织翻译我的小说;现在我做话剧,你又在主编戏剧刊物。《幕》以前对《合同婚姻》是有过介绍的。

饭塚容: 这次来还有一个对你的采访任务。我们日本大学的八个教授,向日本政府争取了一笔关于中国当代文学的研究经费,计划建立一个中国作家的信息资料库,打算采访五十个中国作家。

潘　军: 这应该是一件有意义的事情。你饭□家族是汉学世家啊,令尊大人是日文版《红楼梦》的译者,也曾经翻译过巴金等作家的著作;你本人也翻译过高行健、余华、苏童等人的作品。

饭塚容：你以后主要是做话剧了吗？

潘　军：我没有这么想过，但话剧是我喜爱的形式。中国的剧作家中，有两种情况：一种是很职业的编剧，譬如曹禺先生，一生主要就是从事话剧写作；另一种是主要写小说，偶尔编剧，譬如老舍先生。

饭塚容：那你应该属于后一种情况。

潘　军：对，我最想写的还是小说。

饭塚容：我从一篇资料里看到，你说你从小是在"戏园子"里长大的？

潘　军：我出生在一个黄梅戏的世家。我的外祖父就是黄梅戏的前辈艺人，我母亲也是演员，父亲是编剧。我小时候，几乎每天都进"戏园子"看戏。对舞台上的一切，是比较熟悉的。

饭塚容：我记得上次见你的时候，《霸王歌行》的剧本就已经完成了。当时不叫这个名字，而是和小说的名字一样，叫《重瞳——霸王自叙》。我本人也很喜欢这部小说。

潘　军：话剧现在的名字是后来导演他们改的，其实还是叫《霸王自叙》好，小说是第一人称的叙事，舞台上的项羽同样是在讲叙自己的故事，他既是故事的讲叙者，又是剧中人。他说的，他演的，都是他自己的故事。他是个幽灵，在对着两千年后的观众，讲叙两千年前自己的故事。

饭塚容：那一年你写了两个话剧——《合同婚姻》和《重瞳——霸王自叙》，都是根据你的小说改编的。但这是两个完全不同风格的戏，《合同婚姻》探讨的是当代白领阶层的情感，而《霸王自叙》则是一个历史剧，重新塑造了一个新的霸王项羽。你把这两个剧本分别送给了中国的两大话剧团体，我想知道，你是有选择的吗？

潘　军：有选择。"北京人艺"有现实主义的传统，所以他们做《合同婚姻》比较合适。而"国话"多年来排演了不少外国戏，在舞台形式上也一直在进行着探索，他们做《霸王自叙》是顺理成章的。

饭塚容：我想知道，这个戏从剧本完成到演出，前后经历了四年，什么原因？

潘　军：我想主要原因可能是导演王晓鹰没有找到处理的方式吧。王晓鹰是个很有想法的话剧导演，他最初是想尝试做一个独角戏，后来觉得不可行，接着又想做成一个大场面的，但还是觉得不理想，这样反复着，就到了今天这个样子。

饭塚容：听说今天上午，国家话剧院就《霸王歌行》召开了一个研讨会？与会者对这个戏怎么评价？

潘　军：大家还是给予了充分的肯定，认为这个戏给当代中国话剧做出了贡献。童道明先生提议，把这个戏尽快拿到国外去演。实际上，也有一些国家在联系演出的事宜了，比如埃及、以色列、西班牙等。还有人认为，这个戏为中国话剧的发展提供了一些可供思考的话题。

饭塚容：作为小说原作者和编剧，你的意见呢？

潘　军：我还是喜欢这个戏的。当然，对有些处理，我个人也还有保留意见。

饭塚容：能具体谈谈吗？

潘　军：话剧这种形式到中国有一百年了，可以说，在这一百年里，话剧基本上是“知识分子写，写给知识分子看”这样的传统。虽然今天北京舞台上的有些话剧很“搞”，也很有市场，但这个传统不能丢弃。我认为话剧是沙龙的，小众的，是有欣赏对象的。黄纪苏先生认为，《霸王歌行》最大的贡献是坚持了话剧这个传统。我认为这个戏坚持了小说以及剧作的诗性、思辨性以及探索的先锋性，因此，其中出现的那个刘邦和刘太公、吕氏纠缠的段落，就有点插科打诨的感觉，不和谐。剧本里这个段落是没有的，是导演从小说里找回来的。

饭塚容：可是演到这个地方，观众还是鼓掌的，热闹的。

潘　军：这掌声我觉得是廉价的。北京的话剧舞台上很"吃"这个。讨论会上，总政话剧团汪遵熹导演的观点我很赞成，他说这个戏不要太热闹，要冷一点，要让大家的思考取代掌声。我非常同意这个看法。当初我改编剧本，就想到了"哈姆雷特"，应该忧郁一些，冷峻一些。

饭塚容：这个戏也可以到日本去演。日本人熟悉"霸王别姬"的故事，熟悉"四面楚歌"，相信一定会感兴趣的。

潘　军：这个戏的"海外版"是为"中日韩戏剧节"准备的，到时候会有三国演员同台演出。

饭塚容：我知道这件事。

潘　军：你对这个戏有什么觉得不舒服的地方吗？

饭塚容：不舒服的地方是觉得舞台上"鲜血"太多。尽管在宣纸上"流血"的效果很不错，但多了还是令人不舒服。

潘　军：这个意见其他观众也有。但我觉得，导演是想着力渲染一个"用刀说话的世界"吧。

饭塚容：就我掌握的资料，你还有一个没有被排演的话剧《地下》。

潘　军：这个戏肯定要排演的，目前正在运作阶段，可能由我自己来排。也许等你下次再来北京，又赶上了。

从小说《重瞳》到话剧《霸王歌行》

——与《剧本》月刊的谈话

记者：由中国国家话剧院出品的话剧《霸王歌行》3 月 14 日在北京的舞台上亮相了，遂引起了媒体和广大观众的高度关注。《剧本》决定发表这个剧本。作为这个戏的编剧以及母本小说《重瞳——霸王自叙》的作者，我们想请你就这个戏的创作谈谈。

潘军：那就从小说开始谈吧。熟悉我的读者，知道在我所有的小说中，惟独这部《重瞳》写到了两千多年前。还有一个事实，即从 1992 年至 1996 年，我经历了一次“下海”。先是在海口折腾，到了 1994 年，宏观调控之后，海南岛没戏了，我又鬼使神差地去了中原郑州，结果生意还是一塌糊涂。那个时期可能是我今生最背时的阶段，几乎所有的压力都来了，有点“四面楚歌”的意思。现在回想起来，写《重瞳》，写项羽，与这个心境有关。记得是 1995 年秋天，我去广州出差，曾和《花城》编辑田瑛谈过，我说我想写项羽，而且是第一人称来写。他当时似乎有点诧异，接着他说：你能写好。你身上有一股霸气。但那个时候，我刚才说了，因为杂事缠绕，不能安心写作。孤身漂泊在郑州，写了一个开头，却不感到满意——我写小说，总是先要找到一个叙事的感觉，然后才往下进行。于是就放了下来。这一放，就是四年。到了1999年夏天——那时我已经“上岸”了，我在完成长篇小说三部曲的《独白与手势》的第二部《蓝》之后，突然又想到了这个在心中盘桓已久的项羽来，

小说《重瞳》首发刊物
《花城》2000年第一期

我感觉自己是倾听到了他的声音，尽管我们相隔着两千多年。这种冥冥之中的气息相通看起来是那样的神奇，不可思议。但我的创作欲望已经完全被调动了起来。我在重读过《史记》和《汉书》之后，注意到了一个不可忽视的事实，那就是面对项羽，无论是司马迁还是别的史家，似乎都怀着一份敬意。比如说，项羽不是帝王，但依然享受“本纪”的待遇。同时史家又对项羽的事迹语焉不详。正是这种暧昧的态度，让我发现了重新解读的可能性。

记者：你的重读意味着什么？

潘军：意味着发现。所谓重新解读，我的理解是在不脱离历史典籍的前提之下，换一个立场、一个角度、一种思维方式，特别

是一种想象的形式，发自内心地进行一次大胆的书写。历史正是作为一种书写而流传至今，但历史不是书写在纸上的，它活在人的心中。正是在这个意义上，克罗齐那句“一切历史都是当代史”才成为名言。半个月后，我完成了中篇小说《重瞳——霸王自叙》，几乎是一挥而就。2000 年的《花城》第一期发表，就相继被《小说选刊》、《小说月报》等刊物转载，境外的《世界日报》等，也进行了转载。这部小说，被列为那一年“中国小说最新排行榜”的榜首，后来的“中国小说排行榜”也将它列了进去。直到今天，每年都还有研究它的论文见诸报刊。台湾等地，还将它列为大学文科生的必读书目。

记者：把《重瞳》改编成话剧是哪一年的事？

潘军：2004 年。又过了四年，我将《重瞳》改编成了话剧。那一年我先后为北京人民艺术剧院和中国国家话剧院各写了一个话剧，都是根据自己的小说改编的，因此有报道说“潘军迎来了话剧之年”。为北京人艺写的话剧就是《合同婚姻》，只用了三个晚上。《重瞳》改编的时间也不长，初稿也就用了一周。改得很顺手。毕竟，我是小说的原作者，而且，我一直就喜欢话剧这种艺术形式。我出生在安徽怀宁一个黄梅戏的世家，我外祖父是黄梅戏的前辈艺人，我母亲是演员，父亲是编剧。可以说，我是在“戏园子”里长大的。在大学的时候我就自编自导自演过话剧。我还根据这个小说改编了一个京剧剧本《江山美人》，发表在《芙蓉》2005 年第五期上，也想最近把她做出来。

记者：北京人艺的《合同婚姻》当年就上演了，怎么这部《重瞳》却搁置了？

潘军：是啊，一搁又是四年。算是好事多磨吧。这次日本中央大学教授兼《幕》杂志主编饭塚容先生来北京看戏，也这样问过我。我想，原因是多方面的吧，比如经费问题、演员问题，特别是剧本问题和导演问题。对这个剧本，我前后写了三稿，剧名最初就是小说的名字——《重瞳——霸王自叙》，后来又改成了《天籁·

楚歌》,最后就成了《霸王歌行》——这名字不是我取的。其实,我觉得还是《重瞳——霸王歌行》准确些,小说是第一人称叙事,话剧是大量的内心独白,剧中的项羽即是自己故事的讲叙者,又是剧中人，他是一个两千年前的幽灵，面对两千年后的世界，和观众坦诚相见,袒露心声。这个视角，意味着整个话剧就是一部项羽的自叙史啊,歌行什么呢?但我还是要感谢导演王晓鹰先生，他这几年实际上一直在寻找这个戏的表现方式。王晓鹰做戏很讲究,他的《萨勒姆女巫》和《哥本哈根》,我觉得都不错。我们多次在一起谈论,我的一些设想,比如把京剧的元素用进去,他都支持。最初,他想做出一个独角戏,让一个演员串演剧中全部的角色。这无疑是个大胆的想法,但缺乏操作性。之后,我们又商量出把它做成一个大戏,但巨额的投资以及无法摆脱历史剧模式的那种乏味的形式感,又让我们举步不前了。今年二月里,我在上海拍摄电视剧《海狼行动》,一天接到晓鹰的电话,说这个戏已经在建组排演了,我着实有点意外。我说,你排吧,我相信你。其实,一个编剧把剧本交出去,工作就完成了,多费口舌不好。

《霸王歌行》剧照

记者:首演之夜,谢幕的时候,你和王晓鹰都登台了。你当时代表剧组对观众说了一句话——“感谢在座的观众，因为你们的存在,使这个夜晚成为中国艺术的不朽之夜。”从这句话可以看出,你对《霸王歌行》是肯定的。

潘军:她值得肯定啊！说实话,在北京的舞台上能上演这样一台戏很不容易。很多人付出了心血。除了王晓鹰导演和一些舞台艺术人员，特别是几个演员，房子斌、张昊、刘璐、田征等，都很出色啊。房子斌饰演的西楚霸王项羽，既深沉又飘逸，激情和悲怆交融，收放有度。张昊一人饰十三个角色，不管是亚父范增，秦王子婴、大将韩信，都不错。这是王晓鹰的创造，更是张昊的成功。扮演虞姬的刘璐，还是个学习京剧的研究生，她的韵白、圆场，以及最后霸王别姬时的那段梅派“劝君王”演唱和“夜深沉”的舞剑，都为整出戏带来了中国传统艺术之美。我感谢他们！我给他们送了最新出版的小说集《戊戌年纪事》。

记者：《霸王歌行》讲述的是家喻户晓的大英雄项羽，以及那段为所有中国人熟知的历史，楚汉之争，鸿门之宴，垓下之围，霸王别姬。然而，在这台话剧中，项羽被编剧重新塑造，而这些故事，也有了另一番引人深思的解释。在《霸王歌行》之中，项羽是一个诗人气质的军人，是一个理想主义者，而剧中的虞姬也不再是那个哀怨悲惨的女性，她理解项羽，崇敬项羽，从容平静地倒在了楚歌声中，“成为楚歌的一部分”。

潘军：《霸王歌行》最重要的意义，在于他鄙视那种亘古不变的价值取向和情感取向，张扬人类精神品格的高贵。历史上，爱项羽的只有文人和女人，李清照是二者结合的典范。政治家、军事家乃至一些男人们，是不喜欢项羽的。他们还是坚持“成王败寇”，坚持“江山”重于“美人”。我在演出说明书上写了这样的话——“舞台上的项羽是个幽灵，但他行走在今天的大街上。”

记者：我们对照演出看剧本，发现关于刘太公和吕氏的那一小段被你删除了。

潘军：不是删除，是原来剧本中就没有。是他们后来从小说中找出来的。我不喜欢这个演出段落，尽管每次一演到这里，观众就哄堂大笑，就鼓掌，但我怀疑这掌声很廉价。北京的话剧舞台，特别能“搞”，但这个戏不可“搞”，甚至不能笑。那天国家话剧院召开《霸王歌行》的座谈会，汪遵熹导演的观点很对我胃口，他说，这个戏应该“冷”一点，不能太热闹，要让观众的思考多于掌声。我完全同意！

记者：对《霸王歌行》的舞台形式，你怎么看？

潘军：我是喜欢这种安排的，是一种诗意的表达。当年，著名诗人牛汉先生在看过小说《重瞳》后说，这不是一篇小说，而是一首震撼人心的诗。潘军本质上是个诗人。无论是什么形式，我想诗性和哲理性的高度统一应该是创作者一致的追求。刘科栋的舞美设计，既融合了中国画写意和抽象，又有后现代艺术拼贴与装置的效果，整个舞台四面悬挂着宣纸，红黑色的颜料随着剧情的发展不断泼洒下来；陈列在灯光下的头盔、铠甲，竹简——只有一个地方他弄错了，陈列中应该是一副马鞍，而不是一只马头；尽管这些未必都是首创，但用在这个戏里，还是很和谐，很大气。时而穿插的现场古琴演奏和多媒体的投影；以及由张广天作曲的音乐，恢弘而悲凉的楚歌，包裹着整个剧场，这一切都为观众营造出一个优美典雅的艺术氛围，也维护了小说和剧本的先锋精神。

记者：什么是你所说的“先锋精神”？

潘军：先锋，意味着一种文化立场，一种探索姿态。

在另一片天空飞行

——对话中国先锋作家潘军

《衢州日报》编者按：随着谍战剧《五号特工组》的全国热播，作为该剧总导演和编剧的潘军似乎也在一夜之间红遍南北。然而，这并不是作为中国先锋小说代表作家之一的潘军愿意看到的结果。

“对于一个作家来讲最尴尬的事情就是你写了那么多自以为很好的小说，民间却并没有多少人知道，但是你一部《五号特工组》，全国人民都知道了。”在接受本报专访时，著名作家潘军作出如上表述。

如同他那些经常为评论界争议和讨论的作品一样，潘军是一个具有“传奇”色彩的人物。

有人曾见他在文联开会竟然戴着墨镜叼着香烟，而发起言来又滔滔不绝；特立独行的他在创作最辉煌阶段毅然下海经商；他创造了三个属于自己的“年”，继 2000 年一口气出版了 16 本书被称为潘军的“出版年”后，先后制造了 2003 年的潘军“话剧年”以及 2007 年的潘军“影视年”。

5 月 6 日晚，潘军接受了本报独家专访，首度解析自己饰演戴笠以及选择衢州作为《五号特工组》大结局的缘由，袒露他行走在寂寞的文学边缘和喧嚣大众影视之间的思索。夜已深，电话那头这个旅居北京的皖籍作家依旧侃侃而谈……

关于戴笠：“要用历史的眼光解读”

我们注意到，在热播剧《五号特工组》中，您选择了衢州作为五个民族特工的最后任务地，在本剧中，您本人又亲自扮演了戴笠这个角色，事实上，戴笠本人就是衢州江山人，当这些因素综合在一起，我们不由得想到，这其中究竟是偶然还是一种情缘？

在《五号特工组》饰演戴笠

潘军：总的来讲它应该是一种偶然性。《五号特工组》和一般的间谍战戏最大的区别在于，它是依托于真实史料的基本背景进行合理的、富有想象力的艺术虚构。我曾系统地研究过第二次世界大战史，包括中国的抗日战争的历史，1942 年美军轰炸东京的时候，确实有一个备降中国浙江衢州机场的方案。首先这是史实，再说，从上海到衢州相比之下距离还不算太远，所以把衢州作为这部戏最后的一个发生地是合适的，它可以构成一个故事的依托。

关于戴笠这个人，我觉得在相当长一段时间，他被国内的主流意识形态所脸谱化。使得人们一提戴笠就觉得这是一个杀人魔王，是一个坏人，其实我觉得对于一个人物，尤其是一个历史人物，不能简单地用“好”与“坏”去判断。还是要用一个辩证的眼光、历史的眼光，脱离政治环境看待。在抗战时期，我觉得戴笠是有功人员，姑且不能把他抬到一个英雄的高度，但他至少不是一个汉奸，在他的领导下，中国情报机构率先破译了日本偷袭珍珠

在《海狼行动》中饰戴笠

港的情报，在沦陷区，他领导的“军统”也进行了一些有利于抗日的工作，是为抗日战争作出了一定的贡献。当初我之所以自己来演戴笠，就是担心演员把这个人物脸谱化、简单化，这不符合我的要求。

在“谍战三部曲”的第二部《海狼行动》中，我继续扮演了戴笠。这部戏的序幕就是1937年12月国民政府大撤退的前夜。日军兵临南京城下，眼看江山已去、国将不国的戴笠内心充满忧郁。我想通过自己的亲自演绎，能让观众对戴笠有一个新的认识，还是那句话，对于历史人物我们不能用简单的好和坏来认知，应当还原他的真实，把解读的权利还给大众。拍摄《海狼行动》时，我们在杭州法华寺拍戴笠进香，结果去了那以后，寺庙的人说历史上的戴笠真的曾在这里上过三次香，他们特许我把升降

臂带进大雄宝殿。我想,至少在浙江人心中,戴笠还是有一定的影响的。

关于做导演:“不是玩票,而是圆梦”

在您去年刚出版的小说集《戊戌年纪事》的后记中,您曾这样写道,您担心“作为编剧和导演的潘军会淹没从前那个作家潘军。”我们也看到一种现象,越来越多的作家开始喜欢扮演起前面两个角色,包括您自己。怎样看待职业作家的多功能化?

《戊戌年纪事》文化艺术出版社 2007 年版

潘军:如果说你现在问我最想做什么?我还是会毫不犹豫地告诉你写小说。这里面似乎还有一点矛盾,最想写小说你为什么不写小说呢?什么是写小说?写小说是一个人的战争,是人和人自己打,而我这个人恰恰是不轻易言败的,我用什么来证明我潘军是一个越写越好的作家,那么我觉得必须向自己挑战,就是首先要向我自己证明这一点,然后才是向读者证明。我把自己的写作分为“内心需要的写作”和“生活需要的写作”两种形式。对我而言,自 2004 年出版长篇小说《死刑报告》之后,就一直很难找到“内心需要的写作”状态。所以有时候在状态不好的时候,或者我感觉我还没有十足把握能写出更好的小说时,我可能会更多地从事“生活需要的写作”,比如写电视剧。当然,这里面也有实际生活上的问题。男人天生就是要有担当的,要对生活尽责。具体地说,尽责的前提就是挣钱,否则只是尽心,不是尽责,你也没法尽责。

谈到做导演,首先是我自己拥有这方面的能力。我在上大学之前，就是学美术的。你们浙江省的杂志《江南》今年第一期的封二、封三刊登的就是我的美术作品。我十八岁就参加全国画展，当年就想考浙江美术学院(现中国美术学院)，他们没录取我，这可能是和我父亲是右派有关系（高考恢复的第一年是讲政审的）。其次，我母亲是个黄梅戏演员，我父亲是一个剧作家，我从小是在剧团戏院里长大的，我受到了熏陶。第三，我读了不少电影方面的书，我自己进大学以后，从图书馆借的第一本书就是前苏联导演库里肖夫的《电影导演基础》。我的一些关于电影方面的文章被大学作为教材。也许就我个人的条件、能力、知识结构当一个导演比做一个作家更称职，只是因为这样和那样的阴错阳差，让我先成了一个作家。所以今天，我做这些只是在自己小说没有找到最好状态的时候，回头去圆自己的一个梦而已，这绝不是过一把瘾，去玩一个票。不可能我一拍什么，什么东西就火了，这肯定是与你长期的积累、训练有关系的。

正是基于这种考虑，它诱发了我的一种担忧，对于一个作家来讲最尴尬的事情，就是你写了那么多自以为还不错的小说，民间却并没有多少人知道，但是你一部电视剧《五号特工组》，全国人民都知道了。到哪都采访你，要请你吃饭，送茶叶送香烟，要和你照相。这是一件很荒唐的事情。文化在今天这个时尚社会、商品社会的失衡，所以文化人在其中是扮演了一个很尴尬的角色。我一点都不得意，反倒沮丧。我在后记当中写的这个话，是一种发自肺腑的。

关于当代文坛:“让写作的去写作，让挣钱的去挣钱”

现在每天约有700种新书上架，有人疾呼，到底是出版书还是生产纸。在这个全民浮躁的社会环境下，您觉得中国文坛存在的最大问题是什么？

潘军：我对中国文坛的判断只是凭自己的直觉，也没有什么很详尽的资料。事实上，我已经很久不看小说了，一方面这个年纪要做很多事情，一方面自己的阅读兴趣已经逐渐转到文史方面，当然确实也没有一部能让我很在意的小说在吸引着我。

有几个朴素的观点是要说一说的。一个我觉得在中国当代文学中扮演脊梁角色的应当还是我们这一茬作家，从“寻根文学”到“先锋文学”这一路下来，从年龄上讲就是五十年代到六十年代前半叶这些人，像韩少功、史铁生、李锐、马原、莫言、余华、苏童、格非、叶兆言、北村、吕新、毕飞宇等等，或许也包括我吧。第二个判断，这些似乎撑起当代中国文学门面的作家，目前的境遇又不尽乐观，这是一个令人堪忧的问题。比如说有的已经不写了，或者说是写不出来了，比如说马原，十几年没有一个东西了，有的可能是不断地在重复自己，还有的作家是每况愈下，虽然也在写但越写越不好，能否继续让读者有一种期待，这也要拭目以待了。第三，对于目前这些年轻的作家，我总感觉到他们在时尚的层面走动的太多，在他们的作品里面，无论是思想性还是从诗性，都很难感受到对文化的交代传承。在“80后”的作家中间，我没有见到一部深厚的东西，更多的是一种时尚浅表。像郭敬明，我看了一个材料，他被《纽约时报》评为中国最成功的作家——美国人很实在，标准可能就是他是挣钱最多的作家吧，当然这也是一种成功，但绝对不是文学的成功，而是商业的成功。

当然，今天是一个日趋多元化的社会，我觉得文学被人淡忘或许是一件好事情。因为社会总是让每个人去干自己喜欢的事情，按着这个趋势发展，这个社会肯定是一种进步。不一定非要搞成一个阵营的感觉，掀起一种什么大浪，我觉得这也不正常。文学就是一种个体劳动，让愿意写作的人去写作，让愿意挣钱的就去挣钱，这也很合理，没有什么大惊小怪。

关于项羽：“他是诗人”

您的先锋话剧《霸王歌行》前不久正在北京热演，这部根据您的小说《重瞳》改编而成的话剧几乎颠覆了项羽的传统形象，项羽不再是莽汉和武夫，也不是落魄英雄，而成了一个因追求自由人格而放弃权力，并以死的方式向自由致敬的诗人。您为什么要重塑这样一个项羽？不少人在解读您笔下的项羽时都会把您和他联系在一起，说你们之间很相像，为什么这么说呢？

潘军：《重瞳》这部小说在文学界包括国外还是有些影响。这个小说让我最满意的一点就是让我找到了一种个人理想和价值的载体。历史上喜欢项羽的人无非是两种人，文人和女人，李清照正好就是二者融为一体的人物，真正的男人是不大喜欢项羽的，因为他们往往很在乎成败，在《重瞳》里我最得意的是用第一人称去写了项羽，小说的开篇就是“我是项羽，这个名字怎么看都是一个诗人”。

我觉得一个作家或者一个艺术家，当他找到了一种属于自己的方式的时候，他是兴奋的。我没有去改变司马迁《项羽本纪》中所提供的种种史实，但是我确实又在这些典籍中寻到了一种新解读的可能性。话剧保持了小说这种先锋特征，所以它在北京演得确实很好，过一段时间会去上海演，下半年还可能去国外巡演。话剧能给我带来一种快乐，所谓的成就感吧，我感觉到这能是一个东西，而电视剧只是老百姓很喜欢，所以它还是一种大众层面的东西，但话剧是小众的。至少我认为应该是小众的。

至于你所说的“和项羽很像”，更多的可能是精神气质上的吧。确实有人这么说过。比如，文艺学家鲁枢元曾在一篇文章里，将叶兆言和我作过比较，他说，如果说叶兆言的身上有一种秦淮名士的儒雅之气，那么潘军身上则有那种塞上军旅的霸气。后来我在广州对《花城》的执行主编田瑛说我想写项羽时，他说我能写好。那意思或许是说作家的精神品格是与笔下的人物有一致性吧。《霸王歌行》中，项羽对韩信说，“我之所以容不下你，是因为我鄙视你的胯下之辱。”一个男人既然能从别人的裤裆底下爬过去，这种人太可怕了。但是我不能理解后人为什么会把韩信美誉成大丈夫能屈能伸呢？项羽作为一个失败的英雄，在我心中是有一定的位置的。这也是我唯一的一篇古代题材，这之前我从没有写过一个二千多年以前的事情。

关于性格："我可以说不"

有人说您在文联开会是戴着墨镜叼着烟，发起言来滔滔不绝。这种看似不羁的性格形成，是否隐含着一些因素？

潘军：你刚才说的这个事我自己都记不清了，你可能是从网上看见的吧，也有可能是以讹传讹。当然，我在生活中间确实是一个自由散漫的人，我经常和一些朋友讲，到今天来说我最大资本就是我可以对一些事情说"不"，很多东西我可以不要，比如说我可以不加入中国作协，可以不要职称，可以不要参加任何行政的会议，可以不接受一些任何我不想要的奖项。我可以说"不"，但有些人就说不了"不"。或者他压根上就不想说。当然，这并不是我要摆出一幅很傲慢的样子，我觉得自己还是能让人接近的，我本身就是一个普通人，没有什么了不起。你不认识我，你们的报纸也不是大报，我不还是照样接受你的采访了吗？一些记者写我戴墨镜开会，但是反过来说，戴着墨镜开会又怎样呢？难道就不能戴墨镜开会吗(大笑)？

关于"死刑"：以国家名义杀人的正义悖论

作为中国第一部关注死刑问题的小说，您的《死刑报告》曾一度引起政界和法学界的普遍关注，您为什么会关注这样一个在当时看来是相当敏感的社会问题？

潘军：我对死刑问题的关注还是起源于波兰裔法国著名导演基耶斯洛夫斯基的电影《十诫》，这部电影用《圣经》上的提法拍了十个当代的故事，其中有一诫就是杀诫。这部电影看了就让我震动，它引发了我思索一个极端的问题——“既然死刑是代表国家的杀人，那么以国家的名义来杀人是否就意味着正义？”后来我又看了一些资料，发现死刑问题在中国是一个大的问题，在中国被执行死刑的人数曾一度占全球总量的四分之三。

这部小说我是写得很苦，这个领域对我来讲是一个很陌生的领域，我不是一个法学家，最早写了7万字都报废了，我写小说还从来没有出现过这样的情况。直到有一天重新回头去看美国辛普森案件的时候，我发现我找到了一把钥匙，我可以把这个案件和我的这个故事同时写进去，我不用去做任何评价，但大家在交叉看以后就能感觉到，实际上形成了一个中西方死刑观的比较。在写的过程中间，广州又出现了孙志刚的事件，我就感到这个书真要赶快写了。小说最早在《花城》首发，随后出版，当时全国七八十家报纸都进行了转载，包括你们浙江的报纸都有五六家在转载。当时《南方周末》和《华盛顿邮报》等报刊都对该书给予了很高的评价。说是“华人世界第一部直面死刑的小说”。现在看来，这个小说在文学上的影响力可能比不上它在中国社会政治上的影响。《死刑报告》的态度很明确，它对死刑是持一种否定态度的。它在质问这个社会，代表国家的杀人是否就意味着正义。从今天的实践来看，它对中国当代法制进程是产生影响的，比如最高人民法院在去年1月1日收回死刑复核权，死刑执行数量明显下降，经济犯罪几乎不处以死刑，这些应该是和这部小说有一定关联的。陈凯歌一直想把这部小说拿去拍电影，报了几次都没有通过。中国有很多事情都有中国的特色，能写的就不能拍。

关于小说风格：有所谓的风格未必是好事

有读者认为您作品的叙述千姿百态，不拘一格，给人以很随意的感觉。比如很多作品大都是以第一人称“我”进行叙述的，而在

《独白与手势》三部曲中,我们又看到您把许多自己画的插图和照片穿插其中,作为叙事的一部分。这些都是基于怎样的考虑呢?

潘军:我今年把《独白与手势》重新做了修订,以水墨的形式画了一百六十多幅画。至少在中国,我本人以前没有见过这样的小说。以前你们所看到的绘画只是小说的一种插图,但是我现在把插图变成了小说的一种叙事,成了一种符合的文本。它不再是仅有文字的叙述层面,而多了图画的叙事层面,我觉得我可能是一个始作俑者。一个作家不应该拘泥于某一种形式的风格,反过来说一个作家有所谓的风格未必是一件好事。为什么这么说呢?因为你面对的是不同的题材,面对不同的题材,我觉得就应该面对不同的写法,一个有能力的作家就应该用不同的方式写出不同的小说。至少我是追求这种方式的,但是有的人就很奇怪,不管是写长篇、写中篇、写短篇,写城里的、写农村的都是一个笔调。究竟他们是有意识要这样做呢,还是他们不能写出另外的东西呢?我就搞不清楚了。至于第一人称,可能是读者的一种错觉,他在喜欢你的作品中间,一发现有好几篇都是第一人称的,他觉得就好像是你在迷恋。其实对作家来讲,选择第一人称、第三人称,甚至是第二人称,还是一二三人称轮番使用,应该是小说叙事的一种需要,有他自己的道理。有的时候他想制造一个现场感,有的时候又需要一种亲近感,有的时候希望拉开一段距离。所以最好的风格就是不要被风格所限制。

关于过去和未来:继续涉足影视,想拍电影

如今,您已经迈入知天命之年,回首前半生,您是否有遗憾?或者说未来都有哪些打算?

潘军:我觉得人生不要去做加法应该去做减法,不要老是幻想很多锦上添花的事情,作为一个写字的人,能在一定的限度上保持一个写字的心情,这就够了,其他的东西也是我们这些草民

百姓所关心不了的。但是有一点可以明确地告诉你，那种对国家、对自己的忧患意识还是存在的。有些问题如果很简单地去看，可能更透彻一点。至于前半生有什么遗憾，第一就是我有很多能做成的事却没有让我做成，不是因为我个人的能力，而是因为做事的环境和条件，有些东西因为这样那样的因素就做不了，这是发生在中国很多人身上都有的现象。另一个遗憾就是我母亲走得太早，她得癌症离开我时才六十五岁，我写《五号特工组》的时候就是在陪她养病，等我片子拍好了，她已经去世了，都没来得及看一眼。

我希望今后自己能认真做成几件想做的事。在我和中国的一些所谓大牌导演接触之后，对彼此之间的能力了解就已经很清楚了，无论是陈凯歌、张艺谋还是姜文。我觉得我自己能拍出相当好的电影，这点自信肯定是有的。所以后半辈子我还会在影视这方面再往前走一走，再拍几部电视剧后就转去拍电影。但如果说又是因为这样和那样的原因，我想做的事情最终还是做不成，比如你想拍的电影拍不了，你想写的书印不出来，那我觉得这就不叫遗憾了，而叫无奈。

非常感谢您接受我们的采访，欢迎您有机会来衢州做客！

潘军：不客气，我一直很想看看戴笠的故居，有机会一定来。这里还要通过你们向衢州的观众做一个说明。《五号特工组》的制作过程中间有一个疏忽，在历史上，衢州机场是属于第三战区的，结果美工在写标牌的时候写成了第五战区，后来配音的人也全部按第五战区说，这是个错误，要向大家致一声歉。